Benji Bruntel

en het symbool van de Gigons

Karin Erkens

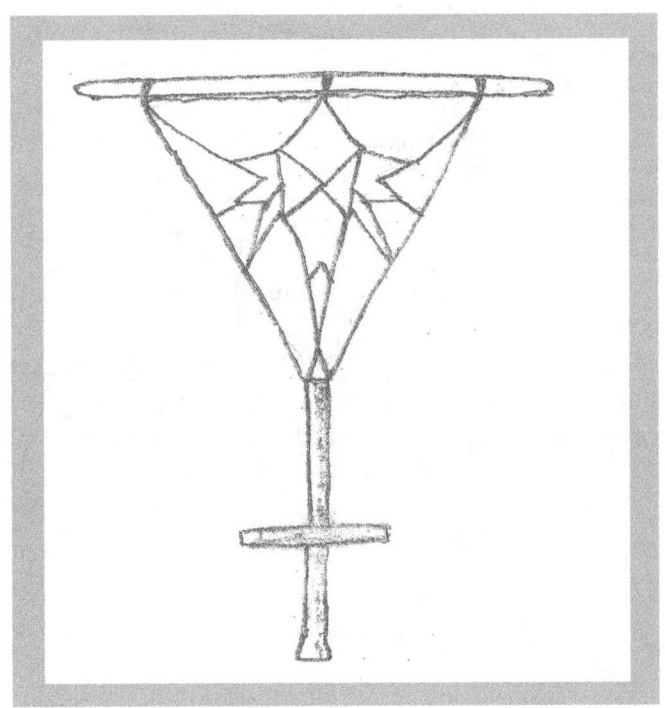

© Karin Erkens, 2016

Een uitgave van de letternar

ISBN: 978-90-8888-020-9

Voor Benjamin

INHOUD

Het voorstel van Fajel

Benji wil kopietjes maken van de kaart van het grote teken van de Hunclis. Daar is het echter te dik en te groot voor. Hij tekent het daarom over. Het is bijna kerstvakantie en ze mogen zowaar alleen op de fiets naar de stad. Daar is Antonio zo verheugd over dat hij stunt op de fiets.
'Pas nu op,' zegt Benji. 'Als je valt, dan mogen we niet meer alleen weg.'
'Dat is ook waar,' zegt Antonio en hij gaat weer gewoon fietsen.

Ze komen thuis en er is niemand. Roos en Sven zijn eventjes boodschappen doen, weten ze. Ze hebben het rijk alleen. Snel bedenken ze wat ze kunnen doen.
'Zullen we even in de boomhut gaan zitten,' zegt Antonio.

Benji kijkt naar buiten. Het is gaan regenen. In de hut zitten ze niet droog, want het lekt al een tijdje. Sven zou er eens naar kijken. Dat moet nog gebeuren.

'Nee,' zegt Benji, 'laten we gaan gamen.'

Ze willen net de tv aanzetten, als er aan de deur wordt gebeld. Benji kijkt eerst uit het raam en ziet Fajel staan. Ze ziet er gewoon aards uit. Hij doet open.

'Tante Fajel,' zegt hij enthousiast.

Ze geeft hem een knuffel en vraagt: 'Benji, mag ik binnen-komen?'

'Natuurlijk,' zegt Benji en hij laat haar binnen.

'Kijk eens wat ik heb meegenomen,' zegt ze en ze geeft hem een grote zak.

'O, lekker, foets!' zegt Benji.

Nadat ze haar jas op de kapstok heeft gehangen en in de kamer is gaan zitten, steekt ze van wal.

'Ik heb helaas je vader niet kunnen vinden. Niemand weet waar hij uithangt,' zegt ze. 'Ik heb echter veel medestanders op Piron die verder gaan zoeken. Veel Efins uit het noorden en ook heel veel uit het zuiden. Ik heb beloofd terug te komen en hier ben ik.'

'Daar zullen mijn ouders niet zo blij mee zijn,' zegt Benji en hij verteld haar over de bloedtest.

'Dat is niet zo slim om die bloedtest te doen. Gelukkig nemen de wetenschappers het niet serieus. Je ouders dus wel. Ach, wat vervelend nou. Ik wil jullie in het begin van de kerstvakantie zo graag mee naar Uitje-Bol nemen, voor drie dagen,' zegt Fajel. 'Ik heb alles al besproken, voordat ik wegging naar Piron, het sprookjeshotel, een elfenhuisje en een tovenaarshuisje.'

'Vetcool,' zegt Antonio. 'Welke kamer in het sprookjeshotel?'

'De Peter Pankamer,' antwoordt Fajel.

'Dat is helemaal cool,' vindt Antonio.

'Ja, er moet echter ook gewerkt worden,' zegt Fajel. 'Ik moet op zoek naar het ruimteschip van de Gigons en met een gezin om me heen, val ik niet zo op.'

'O, dus dat is de reden dat je ons mee wil hebben,' zegt Benji.

'Natuurlijk wil ik ook gezellig een paar dagen met jullie doorbrengen,' zegt Fajel. 'Van mijn werkzaamheden merken jullie niets. Mondje dicht tegen jullie ouders, anders mogen jullie zeker niet mee. Daarna ga ik terug naar Piron. Benji, heb jij de kegels nog? Ik wil kijken of ik ze kan gebruiken.'

'Eh, ja, althans, wat er nog van over is. Ik zal het even pakken,' zegt Benji.

Hij haast zich naar de zolder en pakt het grote teken van de Hunclis. Fajel is meer dan enthousiast.

'Ik wist niet zeker of er iets met de kegels was. Dus wel,' zegt ze. 'Kijk, achterop staat een kaart van het hoofdkwartier van de Gigons. Jammer dat er niet bij staat waar het precies is, maar daar komen we wel achter.'

'Ik geloof alleen niet dat mijn vader een verrader is,' zegt Benji. 'Ik geloof dat ze een robot hebben gestuurd.'

'Benji, nogmaals, als het waar is wat je zegt,' zegt Fajel, 'wanneer ze die technologie hebben, wat ik niet geloof, dan is je echte vader niet meer in leven.'

Benji zwijgt, hij moet er niet aan denken dat zijn vader niet meer in leven is.

'Ze kunnen hem toch overgenomen hebben,' zegt Benji.

'Dat kunnen de Gigons niet,' zegt Fajel. 'Althans niet permanent en zeker niet op de Aarde. Zo sterk zijn ze niet. Nee, ik geloof dat Aurek gekozen heeft voor de Gigons, omdat dit hem voordelen oplevert.'

'Welke voordelen?' vraagt Benji.

'Ik weet het niet, Benji. Wellicht omdat hij dan wat meer ontwerpen kan realiseren. In ieder geval hebben de Gigons meer technologie, waarmee ze aan de slag kunnen. Ook technologie die van je vader afkomstig is,' zegt ze.

'Mijn echte vader zal dit nooit aan hen hebben verraden,' zegt Benji. 'Ik ben daarvan overtuigd.'

'Piron zal je trouwens niet meer terug herkennen,' zegt Fajel.

'De Gigons hebben grote gebieden veroverd! Nu lust ik wel een kopje koffie. Met foets.'
Antonio gaat koffie zetten en doet dat zo knullig, dat Fajel bij de eerste slok gaat hoesten en proesten. Het is zo sterk, dat Fajel zich erin verslikt. Op dat moment komen Roos en Sven er aan. Fajel ziet ze het tuinpad oplopen met de boodschappen.
'Je ouders komen thuis.'
Roos is niet blij dat ze Fajel ziet en gaan stijfjes zitten. Als Fajel haar vertelt wat de plannen zijn in Uitje-Bol, schiet Roos uit haar slof.
'Geen sprake van!' zegt ze. 'Ik wil niet hebben dat je de kinderen betrekt in je buitenaardse plannen.'
'Dat wil ik ook niet,' legt Fajel uit. 'Jullie kunnen mee, als je wilt, dan zoek ik wel een slaapplaats buiten het park.'
'Toe, mams,' smeekt Antonio.
'Nee! Nee en nog eens nee!' zegt Roos en kijkt naar Sven: 'Zeg jij er eens wat van.'
'Waarom?' zegt Sven. 'Ik kan niet mee. Ik moet hard werken om volgend jaar de verkeerstuin af te hebben en vrije dagen heb ik niet meer.'
'Daar gaat het niet om,' zegt Roos.
'Asjeblieft, mams,' zegt Antonio
'Ja, toe, mams,' smeekt Benji.
'Dan moet ik het allemaal weer annuleren,' zucht Fajel.
'Mams kan toch mee?' vraagt Antonio. 'Toe mams,'
Roos kijkt Sven aan, die met een bemoedigende glimlach knikt.
'Ik dacht dat jij Fajel ook niks vond,' zegt Roos.
'Ach, als jij erbij bent om de boel in de gaten te houden,' zegt Sven. 'Voor die jongens is het een leuk uitje. Bovendien wordt de robotklas in het ruimtemuseum geopend de tweede dag van de kerstvakantie. Daar ben ik bij. Ik zou daar toch met de jongens naar toegaan.'
'Dus jij komt de tweede dag?' vraagt Roos.

'Voor de opening van die verdieping in het ruimtemuseum,' zegt Sven, die ondertussen naar zijn bril zoekt. 'Daarna moet ik weer aan het werk, dus dan ga ik naar huis. Tussen twee kwebbelende dames heb ik ook geen rust.'

'Goed. Dan wil ik geen woord horen over Aurek of Piron van Fajel,' zegt Roos.

'Dat is afgesproken,' zegt Fajel. 'Mijn lippen blijven gesloten.'

Weer naar Uitje-Bol

Benji pakt de avond tevoren zijn spullen in; de robotjes Lalp en Trot. Het heeft geen zin om de kapotte robots Gurk en Dips mee te nemen. Hij neemt ook de getekende plattegrond van het hoofdkwartier mee. Er is hem iets opgevallen, wat Fajel waarschijnlijk over het hoofd heeft gezien.

Ze gaan de volgende dag in de middag weg. Roos en de twee jongens met het openbaar vervoer, om Fajel ergens onderweg te pikken. Ze staat bij de bushalte, Fajel, in gewone kleding, met een koffer bij zich. De twee vrouwen begroeten elkaar koeltjes. Ze gaan tegenover elkaar zitten in de bus en zeggen geen woord tegen elkaar. De jongens zwijgen ook en hopen dat het nog een beetje gezellig wordt. De vrouwen blijven zwijgen terwijl ze uitstappen en naar het park lopen.
'Mevrouw Guldenaar en mevrouw Bruntel,' zegt het meisje aan de balie bij het sprookjeshotel, de lijst nakijkend.
'Het is niet wat het lijkt hoor,' zegt Roos. 'Wij zijn gewoon vriendinnen.'
'Ik zeg toch niets,' zegt het meisje.
'Ik bedoel gewoon vriendinnen, zoals vriendinnen gewoon zijn,' zegt Roos met een rood hoofd.
Het meisje giechelt en zegt: 'Hier heeft u de sleutels van uw kamer. Het ontbijtbuffet is van acht uur tot tien uur in de ochtend. Het diner is van zes uur tot acht uur in de avond. Ik wens u veel plezier.'
Fajel bemoeit zich nergens mee. Ze kijkt star voor zich uit. Ze gaan naar de kamer toe, op de tweede verdieping. Benji en Antonio kijken hun ogen uit. De hele kamer is ingericht als een schip. Er staat een kajuit tweepersoonsbed en er is een kajuit stapelbed. Er is een grote Peter Pan schaduw op de muur en Thinkerbell is er in de vorm van lampen. Er is een kapitein Haakkapstok. Wendy, in de vorm van een spiegel ontbreekt niet en er staan kommen met de verloren jongens.

Natuurlijk is er ook een knuffelkrokodil. Er is zelfs een schommel, die met haken in het plafond hangt.
Benji klimt meteen op het stapelbed en zegt: 'Ik ga lekker boven slapen.'

'Nou nee,' zegt Roos, 'Fajel en ik nemen het stapelbed en julllie nemen het tweepersoonsbed.'
'Toe mams,' zegt Antonio, 'je ziet toch wel dat het stapelbed

13

veel kleiner is. Dat is voor kinderen.'

'Niets mee te maken,' zegt Roos. 'Ik slaap in het stapelbed en wel beneden.'

Ze kijkt triomfantelijk naar Fajel. Die geeft echter geen krimp. De dames pakken zwijgend hun spullen uit.

'Zo, wat zullen we nu eens het eerste gaan doen?' vraagt Fajel.

'Naar de black hole achtbaan,' zegt Antonio, 'Dan naar de heksenrivier.'

'De black hole achtbaan en de heksenrivier zijn nu niet open,' zegt Fajel. 'Sommige buitenattracties zijn gesloten in de winter.'

'Dan naar Vazal en het loopspookhuis!' zegt Benji.

'Ik ga liever even wat rusten. We zijn hier net,' zegt Roos.

'Nou, dat is goed. Dan ga ik met Antonio en Benji wel het park rond,' zegt Fajel.

'O nee, dat gebeurt niet. Ik ga toch mee,' zegt Roos.

'Okee, we gaan onze eerste ronde beginnen,' zegt Fajel. 'Zetten jullie je schrap?'

Roos gaat met tegenzin mee. Ze gaat wel mee in de tijdmachine. Ze wil niet in het loopspookhuis. In Vazal wil ze wel. Overal staan lange rijen en ze wachten ongeduldig tot ze aan de beurt zijn. Als laatste gaan ze in Vazal, de reus. Roos laat haar tegenzin varen. Roos moet lachen als ze in de darmen komt. Ze kijkt verwonderd als ze in de maag komt. De enorme etenswaren klotsen heen en weer. Ze sluit haar oren als ze bij het hart komen en de hartslag met dreunen tekeer gaat. Ze springt op de tong, die veert. Ze schiet in de lach als er gesnurk klinkt en de huig gaat trillen. Bij de neusgaten ruikt ze een overheerlijke geur, gevolgd door de geur van koeienpoep. Als ze in het oog zijn, moeten ze even wachten tot de film begint in de iris van het oog. Ze zien de wereld zoals reuzen die zien. Ze zien kleine huisjes, mensen, dieren en een reuzenhand die ze probeert te pakken. Vluchtende mensjes die plat dreigen te worden gedrukt door de reuzenhand. De reus krijgt echter niemand te pakken.

Als ze daarmee klaar zijn, is het alweer etenstijd. Ze gaan terug naar het sprookjeshotel, waar ze verrast worden met een sprookjesmenu. Elke dag staat er een ander menu op de tafel, dit keer het doornroosjemenu. Ze krijgen als voorgerecht een roosje van fijngesneden vleeswaar, als hoofdgerecht een roos van zalm met brocolli en gebakken aardappeltjes en als nagerecht ijs met marsepein roosjes. Het is heerlijk en Benji vindt het jammer dat ze hier slechts een dag zijn. Hij zou wel in alle kamers, zelfs de meisjeskamers, willen slapen en iedere dag een ander menu willen eten.

Na het eten wil Roos met de jongens naar een film. Er wordt iedere dag een andere film gedraaid en deze keer is het Alice in Wonderland. Omdat het hier om de film gaat met echte mensen, is dat ook niet te kinderachtig voor Benji en Antonio. Fajel wil een luchtje scheppen. Benji loopt haar achterna. Hij wordt tegengehouden door Roos. Vervelend, want Benji zoekt een gelegenheid om Fajel te laten weten wat hij op de plattegrond heeft gezien. Mokkend gaat hij mee naar de film. Na de film is Fajel nog niet terug.

Roos kijkt op haar horloge en zegt: 'Ik ga vroeg naar bed, dus jullie ook!'

'Toe, mams,' zegt Antonio.

'Niets te toe, ik laat jullie niet alleen,' zegt Roos. 'Ik wil slapen, dus jullie ook!'

Roos legt zich te rusten in het onderste deel van het stapelbed en de jongens kruipen in het tweepersoonsbed.

Ze giechelen wat en vallen al snel in slaap. Op gegeven moment wordt Benji wakker. Hij hoort aan de deur morrelen. Fajel! Hij staat op en doet open.

'Fajel,' vraagt Benji, 'waar kom je vandaan?'

'Sssst,' zegt Fajel, 'op de gang vertel ik het je!'

Benji sluipt naar de gang, de deur op een kier. Nu praten ze in de efinse taal.

'Ik ben naar het vorstpaleis gegaan,' zegt Fajel.

15

'Is dat open dan?' vraagt Benji.

'Nee, natuurlijk niet. Wij komen overal binnen, als we willen. Ik wilde kijken of ik nog sporen kon vinden van de Gigons en ik heb wat gevonden. In een lamp waar een Gigon net bij kan - en ik ook als ik spring - vond ik een zendschijfje. Een lamp versterkt het zenden. Ik heb het gemeten en er is gezonden naar iemand. Wie weet ik niet, er is gezonden: "verzoek om overneemvermogens te versterken en afstand uit te breiden." Hier heb ik het!'

Benji bekijkt een schijfje, dat er hetzelfde uitziet als een weetschijfje, maar dan vierkant.

'Zie je wel, dat papa overgenomen is,' zegt Benji.

'Dat weet ik niet,' zegt Fajel. 'We weten niet naar wie ze dat hebben gestuurd. Bovendien merken wij op Piron niets van versterkte overnamevermogens. Ze hebben wel hele gebieden veroverd in het noorden. Dat zijn de minder bewoonde gebieden. De bewoners vechten terug of vluchten. Ze nemen de bewoners gevangen of doden ze. De Wez die je vader heeft bedacht, is er nog niet. Er zijn Efins die iets dergelijks aan het ontwerpen zijn.'

'Dat wist ik niet,' zegt Benji. 'Weet je wat er op de plattegrond van het grote teken van de Hunclis staat?'

'Ja, heleboel informatie,' zegt Fajel.

'Mogelijk heb je het gemist. De ingangen zijn volgens mij van boobytraps voorzien.'

'Hoe weet je dat?' vraagt Fajel.

'Nou, je ziet natuurlijk dingen bij de ingangen, vreemde tekens die ik niet ken. Dat zijn volgens mij boobytraps.'

'Nou, dat weet je allemaal nog goed wat er op die plattegrond staat,' zegt Fajel.

'Ik heb een goed geheugen!' zegt Benji.

'Nou, bedankt voor de waarschuwing. Als het boobytraps zijn dan merken we dan vanzelf,' zegt Fajel. 'Wanneer we het hoofdkwartier vinden.'

'Heb je het schip van de Gigons nu al gevonden?' vraagt

Benji.

'Nee, nog niet. Het moet hier in de buurt zijn,' zegt Fajel.

'Red je dat wel in drie dagen?' zegt Benji.

'Als ik het niet vind, dan is dat jammer,' zegt Fajel. 'Ik zal het echter wel vinden.'

Opeens klinkt een harde stem. 'Wat moet dat hier?'

Het ruimteschip van de Gigons

Het is Roos die dat vraagt. Ze is wakker geworden en opgestaan.

'Wat zijn jullie nu in je eigen taal aan het brabbelen,' zegt ze. 'Je wilt zeker Benji weer ergens in betrekken.'

'Helemaal niet,' zegt Fajel. 'Ik was even een luchtje gaan scheppen en Benji vroeg me waar ik allemaal geweest was. Welnu, ik heb langs de waterkant gelopen.'

'Dat doet niet ter zake,' zegt Roos. 'Ik wil gewoon niet hebben dat Benji die taal nog spreekt. Heb je dat goed begrepen, Fajel?'

'O, jawel!' zegt Fajel.

'Goed, dan kunnen we nu gaan slapen,' zegt Roos. 'Jij slaapt boven in het stapelbed, Fajel!'

Fajel komt moeilijk in slaap, ze vindt de houding van Roos niet zo fijn. Ze probeert het wel te begrijpen. Natuurlijk wil Roos zoveel mogelijk bescherming bieden. Benji's afkomst steekt echter af en toe de kop op, ook als Fajel er niet zou zijn.

De tweede dag gaan ze eerst naar het ruimtemuseum, naar de opening van de robotklas en -planeet. Sven is er ook en kijkt trots naar zijn ontwerp. Hoewel het een mooie zomerdag moet voorstellen, is ook nog een planeet toegevoegd bij het landschap, met een ring. De vlinders vliegen vrolijk in het rond, al zijn het kleurige nepvlinders. De planten wuiven. Ze zien duidelijk de schroeven en veren zitten. Een robot rijdt heen en weer, terwijl een ander van de heuvel rijdt, achter een heuvel verdwijnt en weer tevoorschijn komt om hetzelfde te doen. Roos gaat mee en kijkt telkens naar Fajel, die de twee jongens omarmt terwijl ze naar het landschap kijken. Ze voelt zich jaloers, maar zegt niets. De robotklas is ook erg leuk. De robots staan aan de tafels, die op de grond staan. De tafels hebben een futuristische driehoekige vorm.

De robotleraar staat ook, voor een driehoekig, donkerblauw bord. Als je op de knoppen drukt, draait de leraar zich om en schrijft met zijn vinger op het bord, het lijkt een soort formule, draait zich weer om en staat lachend stil. De robotleerlingen bewegen allemaal hun armen en lachen. Ze bewegen allemaal een beetje anders. Dan verdwijnt het geschrevene op het bord en de robots staan als vanouds stil. Zelf de lach is van hun koppen verdwenen.

'Hij heeft de planeet Pyron genoemd,' zegt Benji verontwaardigd.

'Dat geeft helemaal niets,' zegt Fajel.

'Geloof je het zelf?' vraagt Benji.

'Sven denkt leuk te zijn,' bemoeit Roos zich ermee.

'Wat is er aan de hand?' vraagt Sven, die het hele gesprek heeft gemist.

'Paps, waarom heb je de planeet Pyron genoemd?' vraagt Benji.

'Dat leek me wel leuk, dat is tenminste een beetje echt,' zegt Sven.

Ze verlaten het museum met een mopperende Roos, nadat ze van Sven afscheid heeft genomen.

'Pyron!' zegt ze. 'Hoe bedenkt hij het. Uitgerekend die planeet waar Benji, Aurek en Fajel vandaan komen!'

Ze lopen naar de Feeënstad. Daar gaan ze in het reuzenrad met de pegasusbakjes.

'Dat is voor meisjes,' zegt Antonio.

'Nou, wij zijn toch meisjes,' zegt Fajel.

'Ja, dat is zo,' zegt Benji.

Ze gaan in de spiegelgrot, waar de meest vreemde lachspiegels hen uitnodigen om te lachen.

'Kijk eens hoe breed ik ben,' zegt Benji.

'Kijk eens naar mij, ik ben zo lang,' zegt Antonio.

Ze bekijken de wensboom, waar je een wens in mag hangen. Er hangen nog enkele wensen waar je met een pen, die ook vastzit aan de boom, iets op kan schrijven. Dan trek je aan de touw, totdat het vast zit.

'Wat gaan we wensen?' vraagt Antonio.

'Mmmm,' zegt Benji. 'Voor alle mensen vrede.'

'Dat is een algemene wens,' zegt Antonio. 'Ik zou graag een nieuwe tv willen wensen.'

'Dan denk je weer aan jezelf,' zegt Benji.

'Dat is zo,' zegt Antonio en hij schrijft de wens van Benji op.

Ziezo, dat geeft een goed gevoel. De eenhoornride werkt niet in de winter, dus daar gaan ze niet in. Daarna gaan ze naar het Kriebelwoud, naar de insectenspeeltuin, waar ze zich vermaken met de lieveheersbeestjesbotsauto's en de spinnengrot ingaan, dit tot groot ongenoegen van Roos. Ze gaat echter mee, omdat het lijkt alsof ze bang is dat Fajel weer in de efinse taal gaat praten tegen Benji. Ze gilt het uit bij het zien van de grote spin en bij de virtual reality film.

Vervolgens gaan ze naar het moeras met de handen. Roos vindt het een vreselijke attractie. Toch gaan ze erin. Ze geniet er niet van en ziet Fajel met de jongens lachen. Ze willen nog wel vaker. Ze doen dat niet omdat de wachtrij zo lang is. Dan gaan ze nog in het grottendoolhof, waar ze wel een tijdje zoet zijn. Bij de vleermuisgrot raakt Roos in paniek. Rakelings scheert er een vleermuis langs haar heen en ze weet niet hoe snel ze de grot moet verlaten.

Fajel schudt haar hoofd en zegt zachtjes: 'Nou, veel lol aan je moeder beleven we niet.'

'Nee, ze vindt niet alle attracties leuk,' zegt Antonio.

'Ze houdt ons in de gaten,' zegt Benji.

Ze lopen naar het Sneeuwland. De bobsleebaan is gesloten. De arresleekabelbaan is wel open. Het wordt een vermoeiende klim naar boven en dan is er nog een hele lange wachtrij. Roos staat te mopperen.

'Hoe lang nog?' vraagt ze telkens.

Eindelijk zijn ze aan de beurt en dat is de moeite waard. Ze gaan in de slee zitten, die voortgetrokken wordt door neprendieren, over de bergen heen. Die bergen zijn ook nep. Dat mag de pret niet drukken, want ze lijken heel echt. Zelf om de lippen van Roos komt een glimlach. Daarna gaan ze nog het huis van de kerstman bekijken. Dat is reuzenleuk. In de elfenfabriek wordt allerlei speelgoed gemaakt door nepelfjes. Op de eerste verdieping bevindt zich de woonkamer en de open keuken van de kerstman en de vrouw. De kerstvrouw staat koekjes te bakken. Daarna gaan ze naar de zolder. Daar bevinden zich de slaapkamer, de logeerkamer en de badkamer. De broer van de kerstman zit lekker te badderen met een kerstborstel. Hij zingt er (vals) ook een kerstliedje bij. Het is erg vermakelijk.

'Zullen we nog naar het vorstpaleis gaan?' vraagt Fajel.

'Nee, ik ben doodmoe,' zegt Roos. 'Het is bovendien bijna drie uur. Laten we naar de elfhuisjes gaan.'

Ze halen eerst hun bagage op bij het sprookjeshotel en gaan

mee met het parktreintje. De elfhuisjes zijn klein en schattig. Alles is groen en rood ingericht en er staat een heuse kerstboom.

'Helaas zonder kransjes,' denkt Benji, terwijl hij de boom bekijkt.

Er liggen vier kadootjes onder zonder naam. Ze zijn allemaal te nieuwsgierig om het te laten liggen. Benji heeft een doosje crackers, Antonio een zakje chocolaatjes, Fajel een doosje thee en Roos heeft kerstkoekkransjes.

'O, die wil ik,' zegt Benji. 'Ruilen!'

'Voor een doosje crackers,' zegt Roos. 'Nee, dat doen we niet. Ik eet de kerstkransjes helemaal alleen op.'

Benji kijkt daarop sip en Roos begint te lachen.

'Nee, natuurlijk niet, knul!' zegt ze vrolijk. 'We delen gewoon uit, iedereen! Vanavond!'

Ze besluiten bij de Spaceburger iets te gaan eten. Benji en Antonio kiezen allebei spacenuggets met uit preikiemen bestaande jupitersla en sterrenfrites, Roos neemt een dubbele ufoburger met marssla, bestaande uit radijskiemen en Fajel een salade met eieren, icebergsla, tomaten en radijsjes. Daarna kunnen ze geen pap meer zeggen, behalve Fajel. Zij wil nog wel een luchtje gaan scheppen. Benji weet hoe laat het is. Hij weet dat Fajel op zoek gaat. Hij is erg nieuwsgierig en wil Fajel volgen. Dat vindt Roos niet goed.

'We gaan lekker naar ons huisje toe!' zegt Roos.

'In het vorstpaleis hebben ze nog een show!' zegt Antonio.

'Nou, vooruit!' zegt Roos. 'Dan gaan we nog daarnaar toe. Vermoeiend met jullie, zeg!'

Na de show kijken ze nog even televisie en dan gaan ze naar bed. Roos heeft de twee aparte bedjes in de slaapkamer natuurlijk weer gereserveerd en de twee kinderen mogen in de bedstee in de woonkamer. Ze zijn allen moe en vallen dus vrij snel in slaap. Ineens wordt Benji wakker gemaakt door een paar strelingen. Het is Fajel.

'Sssst,' zegt ze.

In de efinse taal fluistert ze dat ze het ruimteschip van de Gigons heeft gevonden. Morgen gaat ze de hele dag onderzoek doen en moeten de jongens zich met Roos vermaken.

'Waar is het?' vraagt Benji.

'Buiten Uitje-Bol. Dicht bij het vorstpaleis, in een sloot,' zegt Fajel. 'Ik ga ook mijn ruimteschip halen en na het onderzoek weer terug naar Piron.'

'O,' zegt Benji, 'mijn vader dan.'

'Jouw vader is een verrader. Als mijn bondgenoten geen korte metten met hem heeft gemaakt, dan zal ik dat wel doen,' zegt Fajel.

'Iets zegt me dat hij geen verrader is,' zegt Benji. 'Hoe het zit weet ik niet precies, maar...'

'Dat zijn jou zaken niet, Benji. Nu ga jij snel slapen en ik ook!' zegt Fajel.

Benji zegt ja, maar hij bedoelt nee. Hij kan niet slapen. Hij maakt zich grote zorgen over zijn vader en is nieuwsgierig naar het ruimteschip van de Gigons.

23

Het ruimteschip van Fajel

Fajel staat de volgende dag vroeg op en maakt de anderen wakker.

'Moet dat nu zo vroeg?' vraagt Roos.

'Jawel,' zegt Fajel. 'Ik ga weg en ik wil nog afscheid nemen van de jongens.'

'Ga weg! Ga je weg?' vraagt Roos. 'Waarom dat zo?'

'Omdat je toch vervelend tegen mij doet,' zegt Fajel. 'Ik ben het zat!'

Roos heeft haar ochtendjas aangetrokken, terwijl de jongens in de kleine badkamer zijn, waar ze zich nauwelijks kunnen bewegen. Ze kleden zich daar aan omdat er dames in de woonkamer aanwezig zijn.

'Nou, dan,' zegt Roos, 'het spijt mij dan vreselijk.'

'Nee, het spijt je niet,' zegt Fajel. 'Je wilt de jongens voor jezelf. Ik ga ervan door.'

Roos weet niet wat ze moet zeggen. Ze is eigenlijk opgelucht dat Fajel weggaat, toch schaamt ze zich. De jongens komen uit de badkamer.

'Ik ga weg, jongens,' zegt Fajel.

'Wat jammer dat je nu al weggaat,' zegt Antonio.

Benji is al voorbereid dat ze weggaat, dus hij zegt niets.

'Joh, jullie hebben Roos nog en het is de laatste dag in Uitje-Bol,' zegt Fajel troostend.

'Twee dagen,' zegt Antonio. 'We hebben morgen ook nog.'

'Dat is waar,' zegt Fajel. 'Nou, ik wens jullie allen veel plezier en je ziet me nog wel eens verschijnen.'

Zo verdween Fajel. Het was ineens stil.

'Nou,' doorbrak Roos de stilte, 'waar zullen we eens ontbijten. In het reuzenhuis?'

'Dan moet je wel opschieten,' zegt Antonio. 'Anders kunnen we niet aan de voorkant gaan zitten. Dan missen we alles.'

Roos realiseert zich dat ze haar ochtendjas nog aanheeft en ze kleedt zich snel aan. Ze zijn gelukkig op tijd om nog een plekje vooraan te vinden. Ze zien de reus en de reuzin eten en hun hoofd draait de andere kant op, als de schoenwagentjes langs komen rollen. Het is een leuk gezicht om alles van de andere kant te zien. Ze kijken zo op het poppenhuis, dat in de enorme kamer staat en het is bijna zo groot dat er kinderen in kunnen. In de winter is het reuzenhuis ook open, omdat de schoenenrit buiten een overkapping van doorzichtig glas heeft. Ze mogen van het ontbijtbuffet nemen en Antonio neemt zes harde broodjes, eieren, spek en worstjes, kaas, ham, hagelslag, nog een bak rice-crispies, een fruitsalade, een appel, een sinaasappel, een banaan en nog een glas jus-de-orange.

'Waar laat je dat allemaal?' vraagt Roos.

'Deels in mijn rugzak,' zegt Antonio, 'als lunchpakket!'

'Dat kun je toch niet maken,' zegt Roos met een blozend gezicht.

'Natuurlijk kan dat wel. Kijk zo!' zegt Antonio en een deel van de belegde broodjes en het fruit verdwijnt in zijn rugzak.

'Ik schaam me rot voor je,' zegt Roos, schichtig om zich heen kijkend of iemand van het personeel het heeft gezien. Eerst gaan ze naar het Piratenhol, waar ze maar liefst een uur zoet zijn in adventure-island. Roos heeft schone kleren voor ze meegenomen, want ze herinnert zich de vorige keer nog. Zij gaat op het nabij gelegen terras van Den oude piraat zitten en drinkt het ene kopje koffie na het andere. Na het omkleden willen ze nog even in de bootjesbaan, de splash en de schipschommel. Roos gaat nergens mee en wacht af tot de jongens klaar zijn. Nu is het de beurt aan Drakeneiland. Ze gaan met de boot, want dat is het snelst. Roos vermaakt zich op de hobbymarkt op het marktplein. Na de woeste draak en het drakenlabyrinth gedaan te hebben, gaan ze met de drakenkabelbaan terug naar het vaste land. Het is erg druk bij de kabelbaan. Ze wachten geduldig tot ze aan de beurt zijn. Dan is het de beurt aan Toverstad. Ze vermaken zich in het trappendoolhof, gaan naar de toverbol en Antonio wil nog in de cakewalk, in de vorm van een toverboek. Roos wacht buiten en ze gaapt vaak. Het valt haar knap tegen, zo met de jongens op stap. Om drie uur kunnen ze eindelijk in één van de tovenaarshuisjes. Deze huisjes zijn nog kleiner dan de elfhuisjes. Er zitten wel extra's bij. Als ze op het lichtknopje drukken, gaan niet alleen het licht aan.

Ze horen een stem: 'Wat fijn, het licht gaat aan!'

Als ze het nachtlampje aandoen, praat het voeteneinde van het bed, dat eruit ziet als een tovenaar en van houtsnijwerk is. Het zegt: 'Zeg, ga nu slapen!'

Wanneer ze de koelkast opendoen, zegt een stem: 'Tjonge jonge, wat een vreetzakken zijn jullie!'

Bij het knopjes van het koffiezet-apparaat zegt de stem: 'Tijd voor een toverdrankje.'

Zo zijn de jongens in de weer alles te ontdekken in het huisje, waar knopjes zijn. Roos kan in haar eigen tweepersoonsbed slapen, weer in een bedstee. De jongens slapen in een stapelbed, in een eigen kamertje. De bagage wordt met de service van de elfhuisjes naar de toverhuisjes gebracht. Roos is zo moe, dat ze zich meteen op het bed laat zakken.

'Gaan jullie wat leuks doen. Wel tegen zes uur hier zijn, dan gaan we iets eten,' zegt Roos zacht en ze valt prompt in slaap.

'Dit is onze kans!' fluistert Benji.

'Hoezo, kans?' vraagt Antonio.

Nu pas vertelt Benji over het gesprek met Fajel de vorige nacht.

'Wil je kijken of wij het ruimteschip kunnen vinden?' vraagt Antonio.

'Kijken kan geen kwaad,' zegt Benji. 'Misschien komen we Fajel nog wel tegen!'

Waar ze precies moeten zijn, weet Benji niet. Hij weet alleen op de hoogte van het vorstpaleis en dan buiten het park. Er is veel bos daar. Daarnaast loopt een brede sloot. Ze lopen langs de sloot en zien daar niets wat op de ruimteschip lijkt.

'Nou, dat is ook niets,' zegt Antonio. 'Als dat ding in de sloot ligt, kun je nog lang zoeken.'

'Ja, laten we terug gaan,' zegt Benji. 'Dan gaan we nog een keer in het reuzenhuis.'

Net als ze terug willen gaan, zegt Antonio: 'Kijk, wat een vreemde wolk.'

Benji kijkt en ziet een ufovormige wolk, die langzaam naar beneden daalt.

'Verberg je in het bos,' zegt Antonio.

Ze verbergen zich achter wat bomen en zien de wolk in het bos afdalen. Het is erg dichtbij.

'Wat is dat?' vraagt Antonio.

'Ik weet het niet,' zegt Benji.

De wolk neemt plaats op de grond. Even later zien ze iemand uit de mist stappen. Iemand met een duikpak aan, een duikbril op, zwemvliezen, een tas en een duikcilinder. Aan de haren te zien, vermoeden ze dat het Fajel is.

'Natuurlijk, ze zei dat ze haar ruimteschip op ging halen, dat zit natuurlijk verstopt achter de mist,' zegt Benji.

Ze zien Fajel naar de sloot lopen en bij de bocht gaat ze te water. Ze verdwijnt in de diepte van het water.

'Zo, die is nog wel een tijd bezig, tijd om een kijkje te nemen bij het ruimteschip,' zegt Benji.

Ze lopen door de mist heen en zien dan …

'Wauw, een echt ruimteschip,' zegt Antonio.

Ze lopen om de schotelvormige voorwerp heen. Het is prachtig. Het heeft een glanzende donkerblauwe bovenkant en een lichtblauwe onderkant. Aan de voorkant zitten ronde raampjes. De schotel zweeft net boven de grond. Antonio weet niet wat hij ziet. Ze lopen nog een keer om de schotel heen. Benji ziet een soort klep in de achterzijde. Om de openen hoeft hij slechts zijn beide handen aan de onderkant van de klep te houden en lichtjes te duwen.

'Warempel, het is open!' zegt Benji.

De onderkant is afgesloten, er is een kleine trap naar de bovenkant. Die nemen ze.

'Wauw,' zegt Antonio.
'Die klep gaat dicht,' zegt Benji verschrikt.
De klep sluit inderdaad automatisch.

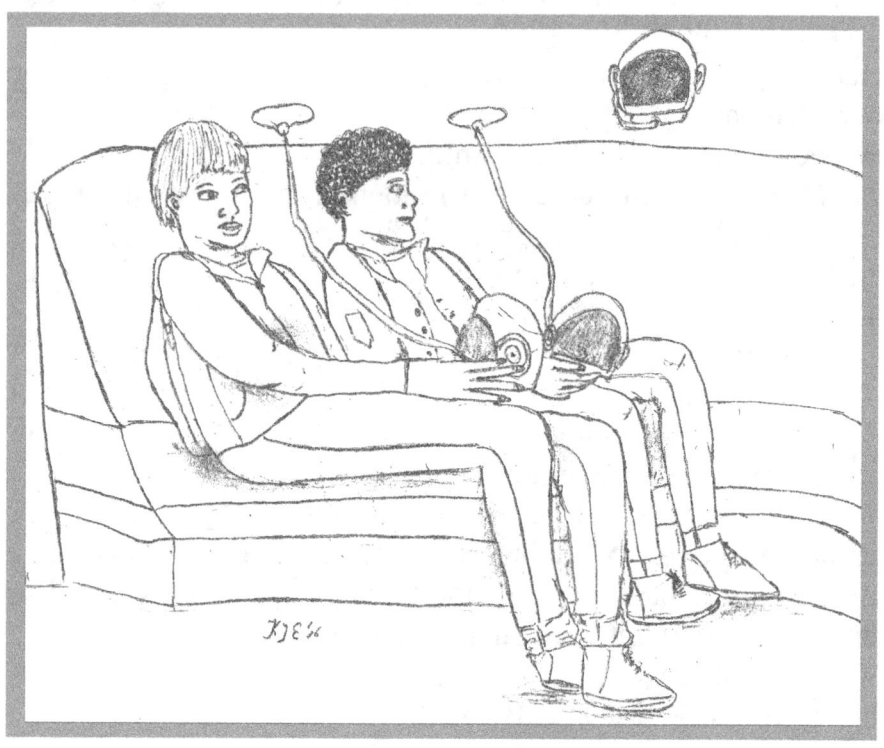

'Nu zitten we hier gevangen,' zegt Antonio.
Terwijl de klep sluit, gaat automatisch het licht aan. Het is een lege ruimte, vermoedelijk een laadruimte. Er is een deur op ongeveer de helft van het ronde schip. Die probeert Benji ook te openen. Hij ziet nergens een knop. Dan doet hij een stap naar achteren en deze deur opent ook automatisch, de deur verschuift in twee delen in de tussenwand. Ze komen nu in een kleine, dichte ruimte terecht. Tot Benji's grote schik gaat deze deur ook automatisch dicht. Hij doet een stap naar achteren. De deur gaat dus niet meer open.
'Fraai is dat, straks zitten we hier opgesloten,' zegt hij.
'Welnee, we horen Fajel toch wel en dan roepen we!' zegt

Antonio.

De cabine is verlicht in verschillende gedempte kleuren, terwijl de meubels wit zijn. Aan de wanden bevinden zich comfortabele banken en er staat een tafel in het midden. Aan de wanden hangen wertozculs.

'Die ken ik,' zegt Benji.

Hij pakt de helm en zet hem op zijn hoofd. Zijn ogen en oren zijn nu bedekt. Hij zet hem weer af.

'Als je virtual reality wil beleven met geluid, dan is dit helemaal je ding,' zegt Benji.

Hij gaat zitten en zoekt naar een knop om de wertozcul aan te zetten. Deze vindt hij niet.

'Ik weet niet hoe hij aan gaat,' zegt Benji. 'Deze banken zitten in ieder geval geweldig.'

'Ja, zo ruimtereizen is wel prettig,' zegt Antonio. 'Al moet het niet te lang duren, want het is wel een dichte ruimte.'

'Die banken zitten anders heel lekker,' zegt Benji. 'Net zo'n bank zoals wij thuis hadden, op Piron. Op Piron zitten veel Efins op kussens. Wij hadden een bank.'

'Ja, het zit zeker lekker zacht,' zegt Antonio. 'Nu kan ik tegen de jongens zeggen dat ik in een echt ruimteschip heb gezeten.'

'Ze geloven je toch niet,' zegt Benji. 'Ze denken dat je een grote fantast bent.'

'Nou, ze doen toch mee met de geheime dienst,' zegt Antonio.

'Ja, dat is spel,' zegt Benji. 'Dit is echt.'

'Jammer dat we niet naar Piron kunnen,' zegt Antonio. 'Dan zou ik echt wat beleven!'

'Ik wil ook wel naar Piron,' zegt Benji. 'Niet om wat te beleven. Ik wil mijn vader en mijn moeder zien, en mijn beide opa's en oma's. Helaas is het nog te gevaarlijk op Piron.'

'O, sorry, Benji,' zegt Antonio. 'Ik had niet door dat jij heimwee hebt.'

'Het geeft niet,' zegt Benji. 'Heimwee of niet We moeten hieruit zien te komen. Het duurt nog wel een tijdje voordat Fajel weer terugkomt.'

Verstekelingen

Na een tijdje heeft Benji verschillende keren geprobeerd uit de cabine te komen. Met de magneetslotopener van Trot probeert hij het, met een scherp mesje dat hij bij zich heeft, met duwen en trekken, tevergeefs. Benji doet zijn jas uit, want hij krijgt het warm.

'Ik verveel me dood hier,' zegt hij. 'Ik wil nu wel eens weg!'

Op zeker moment gaat de voorkant van de cabine open. Het is een raam. Ze kunnen nergens de sluiting van het raam zien. Ze zien Fajel zitten, met de rug naar hen toe. De ruimte is net zo prettig. Fajel zit achter een dashboard met heel veel knoppen en metertjes. Dat is nog niet het ergste, ze zit voor kleine ronde ramen, die zwart met stralen licht laten zien. Benji en Antonio zitten op de bank voor het raam en kijken stiekum door het raam, op hun knieën.

'Zie jij wat ik zie,' zegt Antonio. 'Volgens mij zitten we in de ruimte!'

'Je zou wel eens gelijk kunnen hebben,' zegt Benji.

Hij ziet dat Fajel niets aan de besturing van het ruimtevoertuig doet. Ze is bezig met het teken van de Hunclis. Ze haalt het uit elkaar en op een of andere manier opent ze de onderdelen ervan. Iets wat Benji niet lukte. Daar haalt ze een blauwe ronde schijf waarin een pupil lijkt te zitten, een platte rode ovaal met een zwarte stip in het midden en een platte gouden driehoek. Benji besluit op het raam te kloppen. Ze hoort hem echter niet.

'Deze ruimte is geluidsdicht,' zegt Benji. 'Wat moeten we doen om haar aandacht te trekken?'

Ze gaan op de bank staan en maken gekke bewegingen en trekken gekke bekken. Fajel ziet niets. Er is geen weerspiegeling in het glas van de kleine raampjes.

'Misschien zien we haar wel en zij ons niet,' zegt Antonio.

'Dat zou echt balen zijn,' zegt Benji. 'We kunnen het nog even proberen.'

Ze blijven aandacht trekken. Ineens kijkt Fajel achterom. Ze kijkt weer naar voren en dan weer achterom. Plotseling realiseert ze zich tot haar grote schrik wat die twee jongens, die aan het springen zijn op de bank, betekenen. Ze begint te gillen, in het besef dat de jongens haar niet horen.

31

Ze drukt op een paar knoppen en vraagt: 'Wat doen jullie HIER?'

Benji en Antonio horen het geluid, dat de cabine, waar ze in zitten, door galmt.

'Nou, per ongeluk zijn we in jouw ruimteschip gestapt,' zegt Benji. 'We konden er niet meer uit en we hebben je ook niet gehoord.'

'Nee, natuurlijk niet. Alles is geluidsdicht afgesloten,' klinkt het uit de cockpit. 'Ik maak altijd tijdens de reis het raam van de tweede ruimte vrij, zodat ik wat meer licht heb. Als ik dat niet had gedaan, had ik jullie niet ontdekt. Verdorie, als ik dat had geweten, had ik de buitendeuren ook wel afgesloten. Mijn toestel stond in de mist.'

'We zijn door de mist heen gegaan,' zegt Benji. 'Het spijt me, Fajel. Ik was weer even nieuwsgierig.'

'Ja, jij bent veel te nieuwsgierig,' zegt Fajel met een boze stem. 'Dat brengt je nog eens in de problemen.'

'Nou, dan moet je ons weer terugbrengen,' zegt Antonio.

'Ook al zou ik willen,' zegt Fajel, 'het kan niet. Dit schip werkt op de automatische piloot en alles is ingesteld. Pas op Piron, dat bereiken we over iets minder dan een maand, kunnen jullie weer met een ander schip naar aarde.'

'Oei, wat zullen paps en mams dan ongerust zijn,' zegt Antonio.

'Dat hadden jullie dan eerder moeten bedenken,' zegt Fajel, nog steeds boos.

'Dit konden we toch niet weten. Hoe lang zijn we nu onderweg?' vraagt Benji.

'Ongeveer een uur,' zegt Fajel.

'We kunnen niet naar de Aarde toe?' vraagt Antonio vol verbazing.

'Nee, dat kan voorlopig niet meer. Jullie zijn toch zo nieuwsgierig!' zegt Fajel. 'Welnu, om jullie reis te veraangenamen, open ik de zijkanten van de cabine. Dan kunnen jullie naar buiten kijken. Verwacht niet dat je sterren ziet, want we gaan sneller dan het licht, dus de sterren zijn lichtstrepen. Als jullie de klep optillen van de banken zien jullie daar dekens en kussens, warme kleding waar je ook nog warmte-elementen in kan schakelen, voedsel en drinken. Die warme kleding is nodig als we straks op Piron landen. Het is zomer in het noorden van Piron, waar we landen, en het is overdag zo'n drie graden en 's-nachts nul graden. In het uiterste noorden sneeuwt het zelfs. Jullie zijn veel te dun gekleed. Ik zal ook de wertozculs aanzetten, dan kunnen jullie allerlei films zien. Ik wens jullie een aangename reis!'

Ze sloot het raam. Benji en Antonio zitten beduusd naar elkaar te kijken. De zijramen gaan open en ze zien zwart en strepen licht hier en daar. Benji wil Fajel spreken. Ze heeft haar intercom echter uitgezet. Ze hebben hun horloges bij zich. Die staan stil. Wel dimt het licht wanneer het slaaptijd is. De jongens komen moeilijk in slaap. Ze denken aan hun ouders, die erg ongerust moeten zijn. Aan Roos, die ongetwijfeld loopt te zoeken in Uitje-Bol. Ze zullen vast de politie al hebben ingeschakeld. Wie weet, hebben ze de politie alles verteld over het buitenaardse van Benji.

De weken die volgen blijft Fajels raam gesloten. Ze wil kennelijk niets met de jongens te maken hebben of ze blijft lang kwaad. Om de verveling tegen te gaan maken ze gebruik van de wertozculs. Ze bekijken de ene film na de andere. Als de films op zijn, beginnen ze weer opnieuw. Vooral Antonio begrijpt er niets van. De films zijn in de efinse taal en het zijn ook efinse films. Antonio moet raden was ze zeggen. Er zijn uitermate spannende films bij. Hij ziet Efins vechten met Gigons en ziet nog beter hoe ze eruit zien. De Gigons verliezen natuurlijk de strijd. Er is een film bij waar Efins andere Efins achterna zitten. Er zijn ook saaie films bij. Films over een verliefd efinstelletje, of een film over een efins gezin. Er zitten geen tekenfilms bij. Antonio blijft het bijzonder vinden dat hij alle kanten op kan kijken met de wertozcul. Ze eten de meest vreemde dingen uit de bank, een soort zoet vierkant blok, gemaakt van diverse insecten uit het zuiden van Piron, ronde rode ballen die smaken naar foets, iets dat driehoekig is en naar zoet brood smaakt. Bovendien zijn er wat voedselpillen, die nergens naar smaken. Het is allemaal droog, koud en zoet. Benji verlangt stevig naar een warme maaltijd, zelfs wat hij niet echt lust. Antonio verlangt naar zijn Argentijnse spaghetti.

'Is dit wat jullie op Piron eten?' vraagt hij.

'Nee,' zegt Benji, 'wat wij eten, is veel smakelijker. Dit is ruimtevoedsel, bedoelt voor ons astronauten. Voedzaam en nogal eentonig en smakeloos.'

Het drinken bestaat uit water en een mousserende drank, dat naar foets smaakt. Er is weinig op voorraad. Benji ligt vaak 's nachts wakker. Dan denkt hij aan zijn pleegouders en ziet ze wanhopig zoeken naar hen.

Opeens opent Fajel het raam weer. De intercom doet het ook.

'Ik kon jullie volgen op een klein schermpje hier, zodat ik zeker wist dat alles goed was. Zo, hoe gaat het nu?' zegt Fajel. 'We bereiken binnen een dag Piron!'

'O, gelukkig,' zegt Antonio.

De films op de wertozculs en het eten vervelen hem al lang.

'Dan gaan jullie weer terug met het eerstvolgende schip,' zegt Fajel.

'Weer met die films en weer met dat eten,' zegt Antonio.

'Ja, weer met die films en weer met dat eten,' zegt Fajel. 'Ik begrijp dat jullie het niet leuk en lekker vinden, maar dan hadden jullie niet zo dom moeten zijn. Ik ga niet met jullie mee, jullie gaan met anderen terug naar de Aarde. Die staan ons al op te wachten.'

'Wat heb je ontdekt in die sloot?' vraagt Benji nieuwsgierig.

'Van alles wat. Hoever de Gigons zijn met hun technologie bijvoorbeeld en van wie het ontwerp is van het sigaarvormige ruimteschip. Dat ontwerp is van je vader, Benji. Bovendien was hij bezig met de opstraalfunctie,' zegt Fajel.

'Hoever zijn de Gigons dan?' vroeg Benji.

'Behoorlijk ver. Wel met behulp van hun verraders, waar je vader er één van is,' zegt Fajel.

'Ik kan niet geloven dat mijn vader een verrader is,' zegt Benj eigenwijs. 'Hoe het ook is, wat heb je nu uit het teken van de Hunclis gehaald?'

'O, dat heb je gezien?' zegt Fajel. 'Welnu, dat zijn wapens, in alle vormen en maten. Niet als dusdanig herkenbaar, wel werkzaam. Ik weet hoe ze werken en ik kan ze goed gebruiken, al werken ze heel kort of eenmalig.'

'Kunnen we niet een dagje op Piron blijven?' vraagt Benji. 'Ik wil de keizerstad Ivorkan wel zien, of de Salsi-Jar.'

'Ben je bedonderd,' zegt Fajel. 'Je beseft echt niet dat het op Piron nu gevaarlijk is. Gigons kunnen overal opduiken en ze zijn in de meerderheid. Bovendien land ik ver uit de buurt van Ivorkan of de Salsi-Jar, in het noorden van Toof. Vandaar uit ga ik, met Efins, op zoek naar het hoofdkwartier van de Gigons. Jullie moeten met een paar Efins wachten op een ruimteschip.'

'Dat is jammer,' zegt Benji. 'Zijn er veel Efins die je helpen?'

'Nou, ik denk dat er zo'n honderd Efins zijn, die op me wachten. Ze komen voornamelijk uit het zuiden. We pikken nog meer troepen op. Daarna zoeken we naar het hoofdkwartier van de Gigons en proberen we aan te vallen.'

'Dat is mooi,' zegt Benji. 'Het hoofdkwartier is het centrum van de Gigons. Als jullie dat kunnen aanvallen, zijn de Gigons uitgeschakeld.'

'Ten dele,' zegt Fajel. 'We moeten alle eieren ook nog vernietigen. We weten niet waar ze allemaal zijn, dus het zal nog een lange tijd duren.'

Nu zet ze de intercom uit, ze wil rust. Benji blijft met matige tevredenheid achter. Hij had nog wel meer willen vragen. Ze gaan slapen. Tegen de ochtend zullen ze landen. De intercom van Fajel wekt ze.

'Goedemorgen,' klinkt het opgewekt. 'We gaan nu landen op Piron.'

Het ruimteschip daalt langzaam. De lucht is groenblauw, met enkele wolken en blauwe kronkels. Opeens maakt het ruimteschip een zwenking. Benji en Antonio botsen tegen de wand.

Uit de intercom komt geluid: 'Wat is dit?'

De crash

Het toestel zwenkt de andere kant op.

'Bescherm je hoofd,' schreeuwt Benji tegen Antonio,

'Doe beveiliging aan,' zegt Fajel. 'Tussen de banken zitten veiligsheidstaven, de knop zit boven de banken.'

Benji probeert bij een knop te komen. Het toestel zwenkt alweer.

'Wat is er aan de hand?' gilt hij.

'Ik weet het niet,' gilt Fajel terug. 'De automatische piloot werkt niet en ik ben de controle over het toestel kwijt!'

'Dat wordt een crash,' mompelt Benji.

Hij weet de knop in te drukken en er komen vanuit de onderkant van de rugleuning staven die zich om Benji heenvouwen. Weer zwenkt het toestel en hij weet Antonio bij de arm te pakken. Hij zorgt ervoor dat er voor Antonio ook een beveiliging komt. Uit de staven zijn twee staafjes voort gekomen die hun middellijf afsluit. Tegen een crash kan echter niets op. Het toestel zwenkt nu zelfs ondersteboven, een akelige lange tijd, en komt dan op zijn positie weer terug.

'Ik heb weten vaart te minderen,' horen ze Fajel zeggen. 'We gaan crashen. Vaarwel.'

Benji ziet vanuit het raam een grote, geelgroene massa. Het gaat ongelooflijk snel en dan volgt de crash! De voorkant van het ruimteschip heeft zich in iets wat op een rimboe lijkt gestort. Benji en Antonio zijn geschrokken. Ze zijn onge- deerd. Verbaasd kijken ze naar hun lichaam.

'We leven nog,' zegt Antonio.

'Ja, wonderbaarlijk. Het toestel is sterker dan ik dacht,' zegt Benji.

Ze zien niets in het voorste deel van het toestel, want het raam is gesloten. Benji denkt koortsachtig na. Warme kleding, en wat voedsel en drinken voor alle zekerheid, moeten ze meenemen. Hij opent de klep van de bank en neemt mee wat hij kan dragen in zijn rugzak en in zijn handen. Ze zien wel dat de deur van de cabine openstaat en moeten eruit klimmen. Benji gooit de spullen naar beneden. Ze zien ook dat de deur van de laadruimte open is en hier moeten ze ook uit klimmen. Dat gaat moeizaam. Hoe het komt dat de deur open staat, daar kunnen ze alleen naar gissen. Eenmaal bij de tweede deur gekomen, merken ze dat ze vanaf grote hoogte naar beneden moeten zien te komen. Dat gaat niet. Benji ziet een hoge boom met luchtwortelende lianen, die er losjes omheen hangen. Hij kan er net niet bij. Stond hier maar een zuchtje wind.

'Als ik die liaan te pakken krijg, dan moet jij de spullen naar beneden gooien en dan slinger ik die liaan naar jou toe, als ik beneden ben,' zegt Benji.

Hij rekt zich uit en valt bijna. Een zuchtje wind beroert de liaan zo, dat hij hem krijgt te pakken.

'Nu hopen dat hij sterk genoeg is,' zegt hij. Hij glijdt van de liaan af naar beneden.

'Gooi de spullen naar beneden,' roept Benji, eenmaal veilig op de grond.

Antonio doet wat hem wordt gevraagd en Benji moet uit de weg gaan om de spullen niet op zijn hoofd te krijgen. Dan slingert hij de liaan naar Antonio. Ondanks dat moet Antonio nog moeite doen om die liaan te pakken te krijgen. Op gegeven moment lukt het hem.

Eenmaal beneden zegt Antonio: 'Wat is het hier eigenlijk koud!'

'Natuurlijk is het hier koud. We zitten ergens in het noordwesten van Piron,' zegt Benji.

'Hoe kan dat? We zitten in de rimboe. Bij ons komt de rimboe voor in het zuiden van de Aarde,' zegt Antonio.

'Nou, bij ons niet!' zegt Benji. 'Trek nu snel de warme kleding aan, dan doe ik dat ook. Het is gemaakt van lipefoks, dus echt warm. Als het echt koud wordt kun je de warmte-elementen inschakelen.'

De warme kleding bestaat uit twee warme pakken met capuchons, die ze gemakkelijk over hun bestaande kleding aan kunnen trekken.

'Nu moeten we kijken hoe het met Fajel is,' zegt Benji.

Ze lopen naar de voorkant van het ruimteschip. Ze ontdekken dat het zich voor een groot deel in de grond heeft geboord. Bomen moesten ervoor wijken. De ramen zijn niet meer zichtbaar.

'Ojee, dat is niet goed,' zegt Benji.

Ze beginnen te kloppen en te roepen. Er komt geen antwoord.

'Het is geluidsdicht,' zegt Benji. 'Dus ook al kan ze ons horen, dan komt er nog geen antwoord. Ze kan er alleen niet uit.'

'Dan moeten wij de deur openen,' zegt Antonio.

'Als dat gaat!' zegt Benji.

De deur is net boven de grond en tot Benji's verbazing, met enige kracht, gaat de deur open.

'Het lijkt wel of Fajel voor de crash alle deuren heeft geopend,' denkt hij.

Met kloppend hart gaat hij naar binnen. De ramen, de apparatuur lijken nog intact. Alleen het licht is uit. Hij ziet Fajel ondersteboven hangen, met bescherming, in een bank.

'O, gelukkig. Fajel, hoe krijgen we je naar beneden?' vraagt hij.

Er komt geen antwoord.

'Fajel, is alles goed?' vraagt hij, met wild bonzend hart.

Er komt nog geen antwoord.

'We moeten hulp zoeken,' zegt Benji. 'Ik weet niet hoe ik naar boven moet klimmen om haar eruit te krijgen. Wellicht is ze bewusteloos.'

'Ja, of dood,' zegt Antonio. 'We hebben een klap gemaakt.'

'Zeg dat nou niet,' zegt Benji.

Hij ziet, op een zijflank, een tas liggen. Die grist hij mee.

'We gaan hulp zoeken,' zegt Benji tegen Antonio. 'Kom, we gaan.'

Waar ze heen moeten lopen, weten ze niet. Het is in ieder geval een eind uit de buurt waar Fajel had moeten landen. Soms is de rimboe erg dicht en ze hebben geen kapmessen. Dan gaan ze weer een andere kant op. Al spoedig begint het donker te worden. Benji gaat zitten op een boomstam en opent de tas van Fajel. Hierin zit het grote teken van de Hunclis en al de wapens.

'Dat hebben we nu niet nodig,' zegt Benji. 'Ik heb nog wat eten. Wil jij?'

'Nou, het moet maar,' zegt Antonio. 'Iets beters hebben we niet.'

'Nee,' beaamt Benji, 'er is niets beters. Ik weet helemaal niet waar we zijn en wanneer we eruit komen.'

'Kunnen we die wapens niet gebruiken om Fajel te bevrijden?' vraagt Antonio.

'Ik weet niet hoe ze werken,' zegt Benji. 'Stel je voor dat ik er een uitprobeer en de boel vliegt in de fik.'

'Ja, dat kan niet. Het is hier wel droog,' zegt Antonio, 'en koud. Mijn handen en mijn gezicht zijn koud.'

'Dan moet je de warmte-elementen inschakelen. Dat gaat via de knoopjes aan de binnenkant van je pak,' zegt Benji. 'Ik kan er wel tegen. Ik heb een dikkere huid dan jij.'

'Mooi is dat. Zo zitten we in een pretpark en zo zitten we op een ijskoude planeet,' zegt Antonio. 'Onze ouders zullen ons wel missen.'

'We kunnen geen enkele boodschap sturen,' zegt Benji. 'Laten we nu gaan slapen, dan kunnen we morgen verder trekken.'

Dat probeert Antonio. Hij stoot telkens Benji aan.

'Ik hoor geritsel. Zijn hier geen slangen?' vraagt Antonio.

'Nee, geen slangen. Wel woezels,' zegt Benji.

'Woezels, wat zijn dat?' vraagt Antonio.

'Knaagdieren. Die komen niet bij Efins in de buurt,' zegt Benji.

'Mogelijk wel bij mensen,' zegt Antonio.

'Welnee!' zegt Benji. 'Ga slapen!'

Even later stoot Antonio Benji weer aan.

'Nu hoor ik weer geritsel,' zegt Antonio.

'Mmmmm,' knort Benji.

'Ik kan niet slapen van dat geritsel,' zegt Antonio.

'We moeten,' zegt Benji, wakker geworden. 'Ga slapen!'

Antonio kan niet slapen. Telkens als hij het probeert, hoort hij ergens geritsel.

'Ligt er geen tent in het ruimteschip van Fajel?' vraagt hij aan Benji, die hij weer even wakker maakt.

'Nee, er is geen tent. Fajel wist toch niet dat we zouden crashen,' zegt Benji. 'Laat me slapen!'

De volgende dag wordt Benji uitgerust wakker en ziet Antonio nog slapen, met zijn hoofd helemaal in de muts.

'Wakker worden,' zegt Benji.

'Laat me slapen!' zegt Antonio.

Die weldaad gunt Benji Antonio niet. Antonio is moe, want hij heeft nauwelijks geslapen. Ze eten en drinken iets en lopen dan weer verder. Hopelijk komt er een spoedig einde aan het oerwoud. Ze hebben niet veel voedsel en water meer en Benji weet niet wat ze kunnen eten in de rimboe.

'Kijk, een woezel,' zegt Benji.

Antonio ziet een groot grijs dier met knaagtanden, vierkante oren en een hele lange staart. Het lijkt wel een soort rat. Een hele grote rat. Hij begint te rillen.

'Ze doen helemaal niets,' zegt Benji. 'Het leven hier is anders dan op aarde. Slangen kennen we al helemaal niet.'

'Insecten?' vraagt Antonio.

'Alleen in het zuiden van Piron,' zegt Benji. 'Daar staat tegenover dat het in het noorden koud is. In het noorden hebben wij er geen last van. Op Aarde dus wel. Jij bent trouwens de eerste mens die een voet op Piron zet, naar mijn weten.'

'Dat is waar ook,' zegt Antonio. 'Kan ik hier wel overleven?'

'Natuurlijk wel,' zegt Benji. 'Als we uit dit oerwoud zijn, komen we vast wel Efins tegen die ons verder helpen.'

'Of Gigons,' zegt Antonio.

'Die moeten we zien te vermijden,' zegt Benji. 'Ik heb Lalp en Trot bij me. Lalp waarschuwt wel, als hij het tenminste doet. Welnu, de pas erin, kom!'

'Ik ben nog zo moe,' zegt Antonio.

'Niets mee te maken,' zegt Benji. 'Kom, we doen net of we op survivaltocht zijn. Dat zijn we in eigenlijk ook!'

Vreemde wezens

Ze lopen flink door als op gegeven moment het oerwoud dunner wordt.

'Eindelijk, we komen uit de rimboe,' zegt Benji.

Opeens zien ze een vreemd wezen.

'Wegduiken,' zegt Benji.

Ze duiken achter een paar bomen en bekijken het wezen. Benji heeft nog nooit zo iets gezien. Het is net zo groot als hen. Het loopt rechtop, met twee insectachtige poten. Het heeft een schild als lijf met ook twee insectachtige poten. De kop bestaat uit schildjes met een neus en daaruit tientallen ogen op steeltjes, waarmee het alle kanten uit kijkt. Het heeft een mond.

'Je zei dat jullie geen insecten hadden. Nou wel dus en deze zijn reusachtig groot,' zegt Antonio, terwijl hij rilt.

'Ik ken dit niet, ik ken dit echt niet,' zegt Benji. 'Dit ziet er niet goed uit. Als we hier stil blijven zitten, dan gaat dat beest vanzelf wel ergens anders heen.'

Plotseling horen ze geritsel achter zich. Ze draaien zich razendsnel om en zien twee van die wezens voor zich staan. Ze zijn zo geschrokken dat ze stokstijf blijven staan. Een van de wezens laat een lange tong uit zijn bek bungelen en likt daarmee Antonio's gezicht.

'Gatver,' zegt Antonio.

De ogen op steeltjes draaien naar de ander toe en knikken goedkeurend. Dan worden Antonio en Benji in ijzeren grepen vastgenomen en mee gevoerd.

'Help!' roept Antonio.

'Het zal niet helpen. Misschien zijn deze wezens ons wel goed gezind,' zegt Benji.

Ze worden mee genomen iets buiten de rimboe. Daar zijn nog meer van die insectachtige wezens. Wat vooral hun verbazing wekt zijn de tentachtige constructies, die her en der staan. Deze wezens zijn intelligent.

'Wij zoeken hulp voor Fajel, die met een ruimteschip gecrasht is,' probeert Benji in de efinse taal.

De wezens reageren niet. Ze binden touwen om hen heen en dwingen hen om te gaan zitten. Daarna gaan de wezens om hen heen zitten. Ze kijken naar de jongens en likken hun lippen af met hun tong. Een van hen haalt een mes tevoorschijn en een slijpsteen. Daarna gaat hij het mes slijpen.

'Volgens mij willen ze ons doden,' zegt Antonio angstig.

'Dat zit er wel in,' zegt Benji en hij kijkt angstvallig toe hoe het wezen het mes slijpt.

Als het geslepen is, vrezen de jongens het ergste. Vooral als de wezens opstaan en ze weg lopen.

'Wat staat ons nu te wachten?' vraagt Benji zich af.

Het antwoord laat enige tijd op zich wachten. Op gegeven moment worden de jongens gehaald door de wezens en die brengen hen naar een kookpot. Daar worden ze ingestopt, met al hun kleding en al hun bagage. Het is inderdaad een kookpot, want er staat vocht in en het vuur eronder wordt aangestoken.

'Dit lijkt wel een slechte film,' zegt Antonio. 'Daarom proefde dat beest met zijn tong. Of we wel lekker zijn. Althans, hij heeft mij geproefd. Mogelijk vinden ze jou niet lekker.'

Antonio probeert grappen te maken. Hij is echter erg bang, zo angstig dat hij het bijna in zijn broek doet. De wezens lopen er omheen, hun tong heen en weer zwabberend en rare geluiden makend, zoals van een krekel.

'Wij werden heel vroeger, zo gaat het grapje, in Afrika, ook in de kookpot gestopt,' zegt Antonio. 'Die mensen die ons opaten, noemden ze kannibalen. Hoe noemen ze deze?'

'Het is niet te geloven, dit,' zegt Benji. 'Wacht even, de touwen zitten nogal los. Ik kan een wapen pakken.'

Hij doet een greep in de tas van Fajel en haalt daar een zilveren, ronde schijf in de vorm van een halve maan tevoorschijn.

45

De ronding van de schijf bezit een klein gleufje, aan de andere kant zit een knop. Dat lijkt eenvoudig genoeg. Benji moet nog wel met zijn arm boven de kookpot komen. Hij worstelt zich uit het touw en merkt dat het water al warm begint te worden. Eenmaal met zijn hand boven de kookpot richt hij op enkele van die wezens en drukt hij het knopje in.

Een grote steekvlam raakt twee van die wezens. Benji probeert het weer. Het apparaat werkt nu niet meer. De twee wezens dartelen gillend van het vuur in het rond. De anderen weten niet hoe snel ze in hun tenten moeten komen. Op dat moment beginnen de tenten te bewegen. Ze zien vier poten onder de tent vandaan komen. Het zijn andere poten dan van die wezens. De poten rennen heel hard weg. Snel richt Benji zijn blik weer naar de wezens, die in brand staan. Hij krijgt er ergens wel medelijden mee. Aan de andere kant moeten ze uit de kookpot zien te komen, want het water begin aardig heet te worden. Benji is bijna los en klimt als eerste uit de kookpot, daarna helpt hij Antonio.

'Nu zijn mijn schoenen warm en nat,' zegt Antonio.

De wezens zijn intussen op de grond gezonken. Het vuur is bijna gedoofd. Ze zijn zo erg verbrand, dat ze spoedig zullen sterven.

'Niet kijken,' zegt Benji. 'Er staat nog een tent, waarschijnlijk van hen. Laten we daar een kijkje gaan nemen.'

Ze openen de tent en stuiten daar op een behaard dier. Het lijkt wel een beer met hangoren. Het kijkt vriendelijk.

'Als we erop gaan zitten, gaat het dier ook lopen,' zegt Benji.

'Dan volgt het die kanni... ik bedoel wezens,' zegt Antonio.

'We kunnen hem toch bijsturen. Kom op. Met zo'n beest zijn wel sneller dan zonder,' zegt Benji.

Hij klimt over de kop op het dier en Antonio volgt hem. Het beest gaat staan en Benji ziet dat de tent in feite bij zijn huid hoort. In de verste verte zijn de wezens niet te zien en het lijkt of het dier niet weet welke richting het uit moet. Hij draait zich om en draait zich nogmaals om. Dan draait hij zich nog een keer om en begint te rennen, de kant op waar de wezens niet naar toe zijn.

'Wat nou bijsturen,' zegt Antonio. 'Het doet precies wat het zelf wil.'

Steeds harder begint het dier te rennen en Benji en Antonio moeten zich flink vasthouden om niet te vallen, alhoewel ze dan in een stuk huid van het dier vallen, zien ze als ze naar beneden kijken. Het dier rent precies op een ravijn af.

Groentenaangevende planten

De jongens zien de ravijn op zich afkomen en slaan hun handen voor de ogen. Met de andere handen houden ze zich aan het beest vast. Dan slaat het beest zijn vleugels en zijn staart uit, de twee bovenkanten en de achterkant van de 'tent' en hij vliegt zo over het ravijn. De twee jongens zijn hun dakje kwijt, maar ze zijn tenminste niet in het ravijn gestort.

'Waar vliegt hij naartoe?' vraagt Antonio.

'Ik zal het hem even vragen,' zegt Benji. 'Waar vlieg je naartoe, beest?'

Het beest reageert natuurlijk niet. Benji blijft tegen hem praten.

'Als je maar niet naar de rimboe vliegt. Daar komen we net vandaan,' zegt hij.

'Als de kanni... ik bedoel die wezens terugkeren, kunnen ze Fajel ontdekken in de rimboe,' zegt Antonio.

'Ach, arme Fajel,' zegt Benji geschrokken. 'Die hangt alleen ondersteboven. Mogelijk is ze wel bij kennis.'

'Misschien kan ze dan wel loskomen,' zegt Antonio hoopvol.

'Ik hoop het,' zegt Benji. 'We hebben haar alle wapens afgenomen.'

'Ze heeft toch nog een straalwapen?' vraagt Antonio.

'Ja, als het goed is moet ze die hebben,' zegt Benji. 'Ik heb zoiets in ieder geval niet mee genomen. Alleen de wapens uit het teken van de Hunclis. Waarvan we niet weten hoe ze precies werken.'

'Misschien geven ze allemaal steekvlammen,' zegt Antonio.

'Dat zou kunnen,' zegt Benji.

'We gaan landen, denk ik,' zegt Antonio.

'Inderdaad,' zegt Benji.

Het dier komt op een grasland terecht. Heel wat anders dan de omgeving van de rimboe. Hij vouwt zijn onderdelen tot een tent, gaat liggen en eet van sappig gras.

'Kunnen we wel in de tent blijven zitten?' vraagt Antonio.

'Straks gaat hij weer verder.'

'Ik zal eens kijken waar we nu zijn, in de verte zie ik een klein huisje,' zegt Benji. 'Als het bewoond is, kunnen we daar naar toe.'

'Met dat beest gaat het natuurlijk niet,' zegt Antonio. 'Laten we uitstappen en het erop wagen. Mogelijk blijft het beest hier tot we terug zijn.'

'Ja, misschien!' zegt Benji en hij duikt voorzichtig over de kop heen, gevolgd door Antonio.

Ze pakken hun spullen en gaan op pad.

Ze lopen naar het huisje toe. Het is nog steeds koud, dus ze hebben baat bij hun warme pakken.

'Het lijkt hier net Uitje-Bol,' zegt Antonio. 'Eerst in de rimboe, dan in een kookpot en vervolgens vliegen op een tentbeest.'

'Dit is echt,' zegt Benji. 'Echt gevaarlijk! Onze planeet is geen pretpark. Ik ken die wezens en dat beest niet. Ik ken alle dieren van de planeet, dus ik begrijp het niet.'

'Kijk dan!' zegt Antonio, terwijl ze het huisje naderen.

'Groentenaangevende planten,' zegt Benji.

De planten rukken hun vruchten eruit en werpen ze in oogstmanden. Het is een vreemd gezicht om planten zo te zien doen.

'Het zijn half robots, half planten,' zegt Benji. 'Dat betekent dat we weer in de bewoonde wereld zijn. Dat schept hoop.'

Een plant komt naar ze toe, rukt zijn vruchten eruit en werpt ze naar de jongens. De jongens zijn erg hongerig en rapen de groente op. Het lijken komkommers. Ze zijn echter veel krommer.

'Lekker, urdaks,' zegt Benji, terwijl hij een hap neemt uit de vruchtgroente. 'Eten en drinken tegelijk!'

De vrucht is inderdaad sappig en zoet, zoals bijna alle groente op Piron. Ze kennen geen verschil tussen groenten en fruit. Antonio vindt het ook heerlijk. Ze lopen een stukje verder en dan blijft Benji als aan de grond genageld staan. Een symbool van de Gigons pronkt in het midden van het gras. Daar achter staat het huisje. Benji herkent het als symbool van de Gigons. De kleuren zijn rood en zwart en nog een aantal andere kleuren, die Benji wel kan onderscheiden, maar Antonio niet.

'Dat betekent niet veel goeds,' zegt Benji. 'Wat wil zeggen dat de Gigons dit gebied veroverd hebben.'

'O,' zegt Antonio, 'dan moeten we snel terug naar het tentbeest.'

Benji denkt na. Zou er nog wel iemand in het huisje wonen?

Daar komt hij snel achter als de deur langzaam open gaat. Een man komt naar buiten rennen. Zijn gezicht is niet vertrokken van angst, wel van woede.

'Jullie zijn niet van hier,' roept hij.

'Nee, dat klopt,' zegt Benji in de efinse taal. 'We zijn gecrasht met een ruimteschip in de rimboe. Er zit nog iemand van ons in.'

De man pakt een soort zeis en komt op de jongens af. Hij heeft niets goeds in de zin. Benji weet niet wat hij moet doen, behalve wegrennen. Dat heeft geen zin, de man is sterker en sneller. Benji grabbelt snel in Fajels tas en vindt daar een ringvormig wapen. Hij bekijkt het snel en ziet nergens een knop. Hij werpt de ring naar de man toe. Dan ziet hij hoe de ring ontploft, vlak bij de man. Een grote explosie is het gevolg, het werpt Benji en Antonio en de man omver. Dat geeft Benji en Antonio de gelegenheid om weg te vluchten.

'We moeten hier wegwezen, voordat de Gigons aankomen,' zegt Benji. 'Hopelijk is het tentbeest er nog!'

Ze rennen terug langs de weg waar ze zijn gekomen. Af en toe stoppen ze even om op adem te komen en dan gaan ze weer verder. Dan zien ze het. Gigons hebben zich over het beest ontfermd. Ze staan erom heen. Er zijn vierhoekige, zwevende apparaten, met lange, bewegende armen en capsules, waar ook Gigons in zitten. De twee jongens kunnen er niet meer bij.

'Technologie van mijn vader,' zegt Benji. 'Hopelijk ontdekken ze niet dat ze met de tentbeest kunnen vliegen,' zegt Benji. 'We vluchten door het bos.'

Ze gaan diep het bos in, hopende dat ze geen Gigons tegen komen en blijven rennen, tot Antonio niet meer kan.

'Ik ben zo moe,' zegt Antonio.

'Kom op, we moeten verder,' zegt Benji.

Ze lopen door het bos en het is zo stil, dat ze zich bijna veilig voelen.

'Wat vreemd dat die man ons aanviel,' zegt Antonio.

'Mogelijk is hij aangevallen door de Gigons,' zegt Benji, 'en vertrouwt hij geen vreemdelingen meer.'

'Als de Gigons gebieden hebben veroverd, zitten ze misschien overal,' zegt Antonio.

'Dat moeten we nog bezien,' zegt Benji. 'We zullen uiterst voorzichtig moeten zijn.'

'Je hebt Trot toch nog?' vraagt Antonio. 'Daarmee kunnen we de omgeving verkennen.'

'Dat is waar ook,' zegt Benji en hij maakt de kop van Trot gereed om de omgeving te verkennen. Helaas komt Trot niet

verder dan een meter in de lucht, naar boven, links en rechts.
'Toch niet goed gemaakt,' zegt Benji spijtig. 'Hij komt niet verder dan wat wij al kunnen zien.'
Ze brengen de nacht door in het bos en slapen om en om, zo voorzichtig zijn ze.

De volgende dag trekken ze verder. Ze horen droevige muziek verder weg. Dat betekent dat ze bijna de uitgang van het bos hebben bereikt.

De muziekbomen

Ze bereiken inderdaad de uitgang van het bos. Hier zijn ze niet zo blij mee, want in een open ruimte worden ze sneller ontdekt.

'Muziekbomen,' zegt Benji, wijzend op de bomen langs een lange laan. 'Daar komt de muziek vandaan.'

De muziek gaat inderdaad verder, op dezelfde droevige toon. Antonio ziet hoe de bomen het doen. Ze hebben hun bladeren opgerold en daarmee kunnen ze fluiten in allerlei tonen, met lange takken tikken ze op hun stam, daarmee kunnen ze roffelen. De muziek klinkt meerstemmig en op elkaar afgestemd.

'Zijn dit ook robots?' vraagt Antonio.

'Nee, dat zijn ze niet,' zegt Benji. 'Ze zijn van nature zo. Ik begrijp alleen niet dat de muziek zo droevig klinkt. Normaal gesproken zijn de klanken vrolijk.'

'Dan kun je dat toch vragen?' zegt Antonio.

'Het wil niet zeggen dat die bomen kunnen praten, ook al zijn ze muzikaal onderlegd,' lacht Benji.

Ze verstoppen zich achter een boom en gaan vandaar uit verder naar de volgende boom. Dan komen ze lage muurtjes tegen, met daarachter huizen. De huizen zijn, zoals overal op de planeet, met keien opgebouwd en meestal rond. De ramen en deuren zijn van een onbeschilderde houtsoort. De daken zijn rond en er ligt iets op wat op pannenkoeken lijkt.

'Die dakpannen zijn ook gemaakt van lipefoks,' legt Benji uit. 'Waar wij dus ook kleding van maken. Zo blijven de huizen waterdicht. Het is jammer dat er niemand te zien is. Normaal staan alle deuren open en kun je zo bij iemand binnen lopen.'

'Het lijken wel sprookjeshuizen,' zegt Antonio. 'Ze zouden niet misstaan in Uitje-Bol.'

'Ze lijken een beetje op de feeënhuisjes in Uitje-Bol,' zegt Benji.

'Nou, meer op de toverhuisjes, omdat de dakrand uitsteekt,' zegt Antonio.

De lage muurtjes zijn allemaal begroeid met bloemen in de kleuren rood, blauw en wit. Althans, zo ziet Antonio het.

'Kijk, de kleuren van de nederlandse vlag,' zegt Antonio.

'Dit zijn muurbloemen,' zegt Benji, 'in de kleuren sandor, verdir, dinkar, larder, wurmar en kordar. Dit zijn de kleuren van het efinse symbool.'

'Betekent het dat je andere kleuren ziet als mensen?' vraagt Antonio.

'Ja, wij zien meer kleuren,' zegt Benji. 'Op aarde zag ik dat al. Ik heb er niets over gezegd. Het heeft geen zin als jullie die kleuren niet zien. Die muurbloemen, een binnenhuissoort, hadden wij thuis ook aan de muur, in manden van trefila, dat lijkt op jullie riet. Ik mis het wel, thuis. Ik zal het echter nooit meer zien.'

Hij mist de kleine sellicans, die in de lucht vliegen, net zoals een aardse auto op de wegen rijdt. Zouden de Gigons die ook hebben meegenomen? Dan stuiten ze plotseling weer op het gehate symbool van de Gigons.

'Nu begrijp ik waarom de muziekbomen zo droevig spelen,' zegt Benji. 'De Gigons hebben dit gebied veroverd.'

Hij kijkt rond. De huizen liggen er verlaten bij. Zijn ze ook verlaten?

'Laten we gaan kijken,' zegt Benji. Zonder het antwoord van Antonio af te wachten, klimt Benji over het muurtje.

Voorzichtig gaan ze naar het huis toe. Ze kijken door het keukenraam en daarna sluipen ze naar het woonkamerraam. Het huis lijkt verlaten. Ze gaan weer terug naar het keukenraam en de deur blijkt open te staan.

'Mogelijk kunnen we wat voedsel vinden,' zegt Benji en ze sluipen naar binnen.

De keuken ziet er anders uit dan aardse keukens. Het is rond. Zo is er een rond meubel midden in de keuken, waarop één kookpit zit. Aan de ronde wanden staan veel kasten. Benji loopt naar een kast toe en opent deze. Ook in huis is het koud. Dat is normaal. Een koelkast is er ook niet. Benji ziet allemaal serviesgoed staan. Verkeerde kast. Hij opent de volgende en ziet daar allerlei heerlijkheden in een soort kuipjes staan, te vergelijken met aards blikvoer.

'Sukerans, kwalmerans, turibanas, greffeltjes, botjevangs,' zegt Benji, terwijl hij de kuipjes uit de kast zet.

'Het zegt me niets,' zegt Antonio.

'Het is lekker,' zegt Benji. 'Vooral sukerans en greffeltjes. Jij zult er ook wel van smullen.'

Benji gaat door met uitladen. Opeens is hij stil. Lalp piept. Het is geen harde brul, zoals gewoonlijk, maar een zachte piep. Hij probeert een knop aan de binnenkant van Lalp en het geluid gaat uit.

'Wacht even, ik hoor iets,' zegt hij.

Er klinken inderdaad voetstappen, vreemde voetstappen. Ze komen richting de keuken.

'Vlug, verberg je, achter het fornuis,' zegt Benji.

Ze verbergen zich achter het fornuis en hopen vurig dat ze niet ontdekt worden. De voetstappen komen in de keuken. Benji ziet de voeten op de grond en realiseert zich dat het een Gigon is. Hij gluurt om de ronding van het fornuis en tot zijn schrik ziet hij dat het inderdaad een Gigon is. Het is een Gigon met een grote tas bij zich. Hij loopt naar het fornuis en gooit alle dingen, die Benji zorgvuldig daar neer heeft gezet, in de tas. Benji's hart bonst als een bezetene. Ze mogen niet ontdekt worden. De Gigon keert zich om en kijkt in de kasten. Werkelijk alles wat eetbaar is, stopt de Gigon in zijn tas. Daarna loopt hij naar de andere kant, waardoor de twee jongens zich moeten verplaatsen. Ook daar haalt de Gigon alle etenswaar weg. Daarna loopt hij weer de keuken uit.

Als hij eenmaal verdwenen is, fluistert Benji: 'Nou, dat is ook wat moois, al het eten is weg.'

'Jeetje, ik heb zo'n honger,' zegt Antonio.

'Kom, we vinden nog wel wat anders,' zegt Benji.

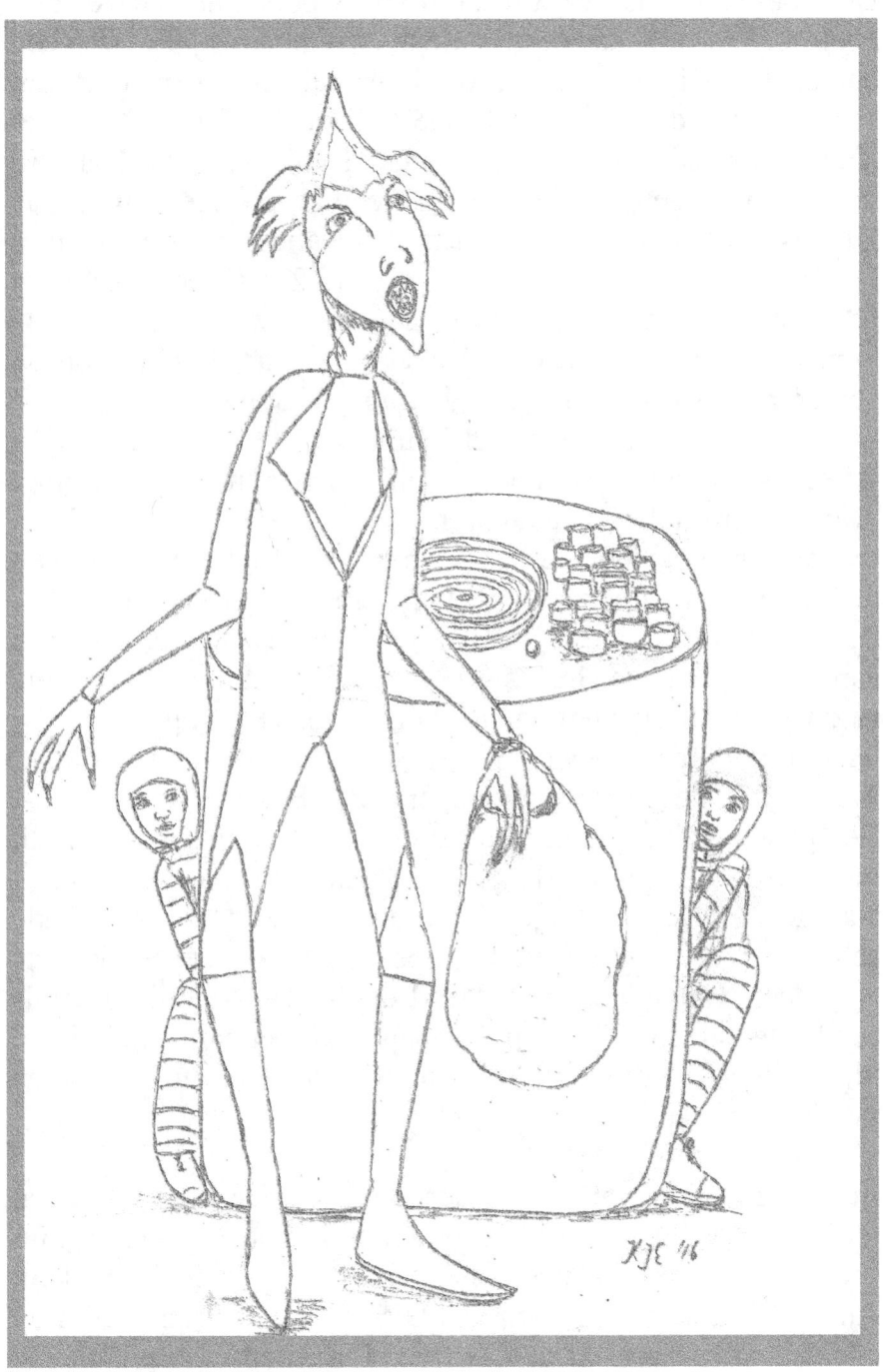

De woonkamer is ook verlaten. Die woonkamer ziet er ook heel anders uit dan een aardse woonkamer. Er is geen bankstel. Er liggen kussens op de grond. Er is een soort van scherm aan de muur, dat heel groot is. Kasten zijn er nauwelijks. Die er zijn, daar zoekt Benji naar voedsel. Hij vindt zowaar een kuipje sukerans, een kuipje greffeltjes, drie kuipjes turibanas, twee kuipjes botjevangs en twee kuipjes kwalmarans en stopt dat in zijn rugzak. Ze willen weer terug naar buiten lopen. Ze zien echter daar twee Gigons in de tuin. Ze zitten te eten en te lachen. De muziekbomen op de achtergrond spelen nog steeds hun droevige lied.

'We kunnen nu niet weg,' zegt Benji.

'Misschien moeten we hier wel blijven slapen,' zegt Antonio. 'Dat is comfortabeler dan buiten.'

'We weten niet hoelang ze hier blijven,' zegt Benji. 'Slapen hier, goed. Dan moeten we wel omstebeurt wakker blijven.'

Ze lopen naar de slaapkamer. Ook die is anders dan een aardse kamer. Er is slechts een groot, zwevend bed, voor alle gezinsleden. In de kledingkast hangt efinse kleding.

'Wat zou er met de bewoners gebeurd zijn?' vraagt Antonio.

'Daar wil ik liever niet aan denken,' zegt Benji.

Ze openen de kuipjes greffeltjes en sukerans en smikkelen dit met de handen snel leeg. Ook Antonio kan de smaak waarderen. De greffeltjes zijn een soort zoete ingelegde schaaldieren en de sukerans is een zoetige groente, dat iets weg heeft van spinazie. Het is al donker en Antonio gaat als eerste slapen. Omdat Benji de slaap toch niet kan vatten, blijft hij wakker, totdat het ochtend wordt. De muziekbomen zwijgen 's nachts.

In de ochtend beginnen ze weer te spelen. Dezelfde droevige toon. Benji kijkt eerst voorzichtig naar buiten. De Gigons zijn verdwenen. Dan probeert hij Antonio wakker te maken. Antonio ligt nog te dromen van Uitje-Bol. Benji laat hem nog even slapen en bekijkt de kaart van het teken van de Hunclis.

Het hoofdkwartier van de Gigons, waar het ook is. Deze kaart zal in handen moeten komen van de strijders tegen de Gigons. Waar komt hij die tegen? Hij denkt aan het lot van Fajel en maakt zich zorgen.

Keizerstad Ivorkan

Benji maakt Antonio wakker. Samen eten ze een kuipje turibanas leeg, een soort zoete, melige banaan. Antonio vindt het niet lekker. Er is niet veel anders voor de ochtend.

'De Gigons zijn weg,' zegt Benji. 'Ik wil eigenlijk naar mijn opa's en oma's. Ik weet niet welke kant ik op moet gaan.'

'Ja, welke kant gaan we eigenlijk op, waar komen we uit?' vraagt Antonio. 'We hebben niets aan Trot.'

'In ieder geval moeten we ergens komen, wat nog niet veroverd is door de Gigons,' zegt Benji. 'Waar nog Efins wonen. Dan kunnen we hulp vragen voor Fajel en worden we zelf ook geholpen.'

'Laten we dan gaan,' zegt Antonio.

Voorzichtig lopen ze naar buiten. Geen spoor van Gigons, geen spoor van Efins. Wat hebben ze met de bewoners gedaan? Het is nog steeds bewolkt, droog en koud.

'Kun je op spertels rijden?' vraagt Benji en hij wijst naar vreemde dieren in de nabijheid.

De dieren lijken op struisvogels. Ze hebben een kortere nek en ze bezitten geen snavel. Wel hebben ze een spitse snuit. Ze liggen in hoog gras, zodat de poten niet te zien zijn. Ze zijn gezadeld en geteugeld.

'Makkelijk zat,' zegt Antonio.

Benji gaat op zo'n beest zitten.

'Welnu, het is net een paard,' zegt Benji. 'Je gaat erop zitten en neemt de teugels in de hand. Met die teugels stuur je het beest. Als je hard aan de teugels trekt dan stopt hij. Hoe losser je de teugels houdt, hoe harder hij gaat lopen. Kom op.'

Antonio gaat ook op zo'n beest zitten. Dan staat de spertel van Benji op. Antonio's ogen gaan wijdopen staan. Het beest heeft twee zeer lange en dunne poten. Het heeft zeker een hoogte van twee meter.

'Dat...,' wil Antonio zeggen. Ook zijn spertel gaat staan en lopen, nee, rennen.

'HELP,' roept Antonio.

'De teugels strak trekken,' roept Benji terug.

Benji gaat ook met het beest rennen, om Antonio in te halen. Het duurt een tijdje voordat Antonio door heeft hoe het werkt en wonder boven wonder valt hij er niet af. Tegen die tijd komen ze alweer in een bos. Dat is beter, vinden ze zelf, want hoe minder ze gezien worden, hoe veiliger het is. Ze hebben geen idee waar ze zijn. Het bos is mooi. Er zijn allerlei watervalletjes en beekjes in het bos. Er heerst een vredige sfeer. De beplanting is dezelfde als in de rimboe. Het bos wordt hier bij gehouden en is goed begaanbaar. Als ze niet beter zouden weten, zouden ze denken dat er vrede heerst. Het is nog steeds koud en Antonio is blij dat hij zulke dikke kleding aan heeft. Ze stoppen voor een maaltijd. Nu zijn de kwalmarans aan de beurt. Het blijkt een kwallensoort te zijn. Antonio haalt zijn neus op, ook al is het zoetig.

'Dan moet ik een kuip botjevangs aanbreken. Dat bestaat uit botten met wat vangvlees. We moeten echter zuinig zijn met het eten. Toe, neem een kwal,' zegt Benji.

Antonio proeft en spuugt het uit.

'Gatver,' zegt hij, 'dat is niet te eten.'

'Welnu, je moet het zelf weten,' zegt Benji. 'Dan eet ik het wel alleen op.'

Die avond is het tijd voor een kuipje botjevangs. Nu heeft Antonio wel honger en hij knaagt het zoete, stugge vangvlees van het bot af en vraagt naar meer.

'Er is niet meer voor vandaag,' zegt Benji.

'Toe, jij hebt vanmiddag twee kwalmarans gegeten,' zegt Antonio. 'Dan mag ik nu toch twee botjevangs?'

'Nee,' zegt Benji, terwijl hij snel zijn bot kaal knaagt.

Ze slapen ook in het bos. Ze vinden een beschutte plek in een grot en slapen allebei heerlijk door.

De volgende dag gaan ze na een maaltijd met turibanas weer

op weg.

'Fajel is vast niet meer in leven,' zegt Benji somber.

'Jawel toch?' zegt Antonio. 'Mogelijk is ze gered.'

'Of opgegeten door die vreemde insectachtige wezens,' zegt Benji.

Ze blijven zwijgend verder reizen. Antonio realiseert zich nu pas goed dat het geen plezierreisje is en dat bevalt hem geenszins. Hij verlangt naar de bewoonde wereld, een goede maaltijd, een lekker bedje. Tegen het eind van de middag bereiken ze het einde van het bos en ze hebben uitkijk over een stad die beneden hen ligt.

'Wel heb ik daar,' zegt Benji, 'dat is de keizerstad Ivorkan!'

'O, dan zijn we in de bewoonde wereld,' zegt Antonio.

'Bewoond? Het ziet er heel stil uit. Normaal lopen er veel Efins over straat, nu zie je niemand,' zegt Benji. 'Het bevalt me niks.'

Toch gaan ze naar de stad toe. Ook hier mist Benji de sellicans. Ze rijden door de stille straten, totdat ze weer een Gigons symbool tegen komen.

'Dit gebied is ook door de Gigons veroverd,' zegt Benji. 'Niet te geloven, keizerstad Ivorkan!'

Ze rijden langs de fonteinen, die normaal gesproken limonade spuiten. Ze liggen er nu stil bij. Ze rijden langs huizen, die allemaal versierd zijn met pilaren, zoals het een keizerstad betaamt. Ze zijn groter dan de andere huizen. Afgezien van de pilaren, zien ze er hetzelfde uit. Ze rijden zelfs langs het keizerlijke verblijf, dat nog iets groter is. Het is verder identiek aan de gewone huizen.

'Zijn er dan helemaal geen bewoners?' vraagt Antonio.

'We kunnen het uitproberen.' zegt Benji.

Hij laat zijn spertel door de poten zakken en stapt af. Vervolgens klopt hij aan een deur. Geen gehoor. De volgende deur. Weer niets.

'Ik weet niet waar de bewoners zijn gebleven,' zegt Benji. 'Misschien meegenomen door de Gigons, of erger.'

'Kijk daar, daar loopt iemand,' zegt Antonio.

'Je hebt gelijk,' zegt Benji.

Hij graait in de tas van Fajel en vindt daar een dun metalen staafje ter grootte van een pen. De man heeft hen gezien en loopt naar hen toe en Benji houdt het staafje in de aanslag. Wat het doet weet hij nog niet. Het is een donkere man, eentje uit het zuiden. Hij draagt zijn haren in twee stijve vlechten opzij en hij heeft een vreemd voorwerp onder zijn arm.

'Wacht,' zegt de man, 'niet schieten. Ik heb geen kwaad in de zin.'

Hij heeft het wapen gezien, wat Benji bij zich draagt. Benji is gespannen en drukt per ongeluk op het knopje. Er komt twee lange linten uit het staafje en die slingeren zich om de beide benen van de man, waardoor hij onderuit gaat. Daarbij laat hij ook het vreemde voorwerp vallen. De man is boos en trekt een wapen. Benji herkent het wapen, het is een straalwapen, maar groter dan Fajel heeft. Snel kruipt Benji op de zittende spertel.

De man zegt: 'Ik schiet als jullie ervandoor gaan! Blijf zitten!' Hij snijdt de linten los en komt weer overeind. Hij is in een paar stappen bij hen, met het straalwapen in de aanslag. Hij pakt het staafje van de verbouwereerde Benji af en kijkt hem aan.

'Ik doe jullie geen kwaad,' zei de man. 'De Gigons wel. Zijn jullie bezet door de Gigons?'

'Bezet?' vraagt Benji. 'Waar heeft u het over?'

'Jullie zijn dus niet bezet,' zegt de man. 'Mijn naam is Posito Dokci. Ik kom oorspronkelijk uit het zuiden.'

De man steekt zijn straalwapen weg. Antonio verstaat niets van de efinse taal. Het valt hem alleen op dat Benji en de man in hoge, zangerige toon met elkaar praten. Benji vertelt de man hoe ze op Piron terecht zijn gekomen, dat Antonio een mens is en vraagt hulp voor Fajel.

'Voor jullie Fajel kan ik niets doen, want ik ben slechts in mijn eentje,' zegt Posito. 'Wel kan ik jullie verder helpen. Ik heb een vigol bij me. Als jullie op de spertels gaan, kan ik jullie bijhouden. Het is hier gevaarlijk, want er kunnen ieder moment Gigons komen. Ik kan ze beter signaleren dan jullie. Goh, je hebt een mens bij je van de planeet Aarde. Hij lijkt wel erg op ons.'

Voor het eerst tijdens hun verblijf verdwijnen de wolken en komen er twee magere zonnetjes tevoorschijn. Antonio wijst ernaar en kijkt verwonderd.

'Nou, in ieder geval weet hij niets over onze zonnen,' zegt Posito.

'Nee, dat kent hij nog niet,' zegt Benji. 'Hij is voor de eerste keer op onze planeet.'

Benji vertelt Antonio wat hij met de man heeft besproken. De man pakt het vreemde voorwerp, de vigol van de grond.

'Dat lijkt wel een hoverboard!' zegt Antonio.

Het lijkt inderdaad op een hoverboard, zonder wielen, en er is een half ronde ring, die om het middel van de man wordt geplaatst. Posito raadt ze aan in galop naar het volgende bos te gaan. Tot Antonio's verbazing ziet hij de vigol met Posito erop zweven.

Onderweg legt Posito uit dat de Gigons zo sterk zijn geworden dat ze de bewoners kunnen bezetten, dat wil zeggen de volledige overname van hun lichaam en geest. Benji begrijpt het niet. Sommige mensen zijn zwak, zodat ze overgenomen kunnen worden. De Efins zijn doorgaans sterker. Posito legt uit dat dit in het begin ook zo was. Zo nu en dan hadden de Gigons een efins kind te pakken. Daar bleef het ook bij. De Gigons werden sterker en sterker, totdat ze bijna elke Efin konden overnemen. Ineens herinnert Benji zich het zendschijfje dat Fajel in het vorstpaleis vond, met het verzoek om de overneemvermogen te versterken en de afstand uit te breiden. Aan wie ze dat ook vroegen, het lijkt gelukt te zijn. Van uitbreiding van de afstand weet Benji niets. Hij vraagt het aan Posito. Die weet het ook niet. Simpelweg, omdat hij er nooit achter is gekomen waar de bewusteloze Gigons zich ophouden.

Wegvoering

Voordat ze het bos bereiken begint Lalp te piepen en dit keer luider. Benji zet het geluid uit.

Hij stopt en zegt: 'De Gigons zijn hier in de buurt.'

'We zijn hier in de buurt van het fiodelstation. Zouden ze daar zijn?' vraagt Posito.

'Laten we eens gaan kijken,' zegt Benji.

'We hebben wellicht niet genoeg wapens bij ons,' zegt Posito.

'De wapens die wij hebben werken soms één keer, daarna niet meer.' zegt Benji. 'Ik wil weten wat de Gigons hier doen. Ken de vijand.'

'Voorzichtig dan,' zegt Posito.

Ze verstoppen de dieren en de vigol achter een muur en lopen langzaam naar het station. Fiodels zijn een soort zwevende treinen met drie verdiepingen. Ze verbergen zich achter en pilaar en zien vijf Gigons, die heleboel Efins onder schot houden. Kennelijk duurt het wachten op de fiodel erg lang, want Benji hoort één van de Gigons mopperen.

'Ze worden meegenomen in de fiodel,' fluistert Posito.

'Deportatie oftewel wegvoering, noemen de mensen dat,' fluistert Benji. 'Waar gaat die fiodel naartoe?'

Het electronisch bord, dat de bestemmingen en tijden aangeeft, doet het niet meer. Posito weet het wel.

'Naar Turban, via Escap en Rodem. De Gigons kunnen de trein elke kant op laten rijden die ze willen,' fluistert Posito.

De fiodel komt eraan. Anders dan gewoonlijk maakt hij geen muziek, dat ontbreekt. De Efins worden ingeladen, één voor één. Een man protesteert en wordt zonder pardon door de Gigons neergeschoten en vervolgens opgeruimd. Dan gebeurt er een ramp. Antonio moet niezen. De Gigons kijken verstoord op.

'Rennen,' zegt Posito.

Ze rennen weg, op de voet gevolgd door twee Gigons, die met hun lange benen veel sneller zijn. De Gigons schieten ook. Antonio en Benji springen van het perron af.

'Snel, naar de dieren en de vigol,' zegt Posito. 'Ik geef jullie rugdekking.'

Posito pakt zijn straalwapen en vuurt terug. De jongens stappen snel op hun spertel en rijden in galop weg, naar het bos, wat niet zo ver weg is. Eenmaal in het bos gaan ze langzamer. Ze missen Posito.

'Nu zijn we weer iemand kwijt,' zegt Benji.

'Nee, daar komt hij,' zegt Antonio.

Op de zwevende vigol komt Posito aan. Hij glimlacht tevreden.

'Ik heb ze alletwee omgelegd,' zegt hij. 'Ik denk niet dat de anderen achter ons aankomen, want die moeten de Efins wegvoeren.'

Benji knikt en vertaald het voor Antonio. Antonio knikt ook.

'Via deze weg gaan we naar Escap, Rodem en naar Turban. We kunnen daar kijken wat ze met de Efins doen,' zegt Posito.

'Ik durf er niet aan te denken,' zegt Benji.

'Ik ben alleen. Al mijn vrienden zijn opgepakt door de Gigons,' zegt Posito. 'Ik wil ook graag weten wat er met mijn vrienden is gebeurt.'

'We hebben weinig keus,' zegt Benji. 'We hebben erg weinig eten bij ons, een kuipje kwalmarans, botjevangs en turibanas.'

'Je kunt veel in het bos eten,' zegt Posito. 'Ik zal je precies aanwijzen wat. De spertels lusten graag bladeren.'

Inderdaad, ze eten veel uit het bos. Paddestoelen, verschillende bessen, zachte bladeren van struiken. Posito schijnt veel te weten. Ze vinden op gegeven moment beschutting in een grot. Benji kijkt Lalp na. Hij vind het vreemd dat Lalp zo'n raar geluid geeft en dan alleen bij Gigons, niet bij overgenomen Efins. Dat was wel anders bij de Gonzen. Bij zijn vader en Van Lippenstein reageerde Lalp helemaal niet. Hij kijkt hem weer na met het staafje. Alles werkt naar behoren, geeft deze aan. Benji haalt zijn schouders op en besluit het zo te laten. Posito laat hen zijn verhaal weten. Een tijd geleden kwam hij naar Ivorkan, om te studeren. Hij vond het wel koud. Hij hield het vol, omdat zijn hij veel vrienden had. Ondanks de verontrustende berichten van de Gigons bleven ze plezier in het leven houden. Op een dag sliep hij lekker lang door en toen hij wakker werd ontdekte hij dat de halve stad leeg was. Hij wist niet wat er aan de hand was en ging op ontdekkingstocht. De Efins die wakker werden, vroegen zich ook af wat er met hun dierbaren was gebeurt. Ze werden bang toen ze de symbolen van de Gigons zagen en ze probeerden te vluchten, sommigen ook via het fiodelstation. Daar werden ze ogenblikkelijk opgewacht door de Gigons en hun hulpen, ook Efins. Sommigen vluchten weg uit de stad, Posito bleef daar. De stad werd steeds stiller en stiller.

'Hoe kunnen ze zoveel Efins mee hebben nemen?' vraagt Benji. 'Waarom anderen niet?'

'Mijn vermoeden is dat de Gigons die Efins hebben overgenomen en op gegeven moment was hun leger dat Ivorkan belaagde, bijna op. De andere Efins hebben ze gewoon opgepakt, al dan niet met behulp van overgenomen Efins,' zegt Posito. 'Ik heb geluk gehad, maar mijn vrienden minder. Of ze zijn overgenomen, of ze zijn opgepakt, of ze zijn gevlucht. Ik heb gehoord van Efins die zijn gevlucht, dat de Gigons bij de overname, op de grond vielen en werden meegenomen door andere Gigons. Ik lag toen nog lekker nietswetend te slapen.'

Benji laat hem zien welke wapens ze hebben. Ze weten niet waarvoor ze gebruikt worden. Posito biedt aan de wapens onder de hoede te nemen. Dat wil Benji beslist niet. Tevens laat Benji hem het teken van de Hunclis zien, de kaart van het hoofdkwartier.

'Dat zou mooi zijn als we dat hoofdkwartier zouden kunnen bereiken,' zegt Posito. 'Als we erachter komen waar het ligt en als we voldoende hulptroepen om ons heen hebben verzameld.'

Dan vraagt Antonio: 'Hebben ze hier geen mobiele telefoons om elkaar te waarschuwen?'

Benji zegt: 'We hebben iets dergelijks Ik heb geen idee of Posito het gebruikt. Ik zal het even vragen.'

Posito legt uit dat hij wel degelijk een contactbox heeft, zoals ze dat op Piron noemen. Het werkt niet met nummers. Wel met gedachtekracht. Op het moment dat de Gigons Ivorkan overnamen, werkte het niet meer. Benji kon zich herinneren dat hij geen contact mocht zoeken, toen zijn vader naar de Gigons ging. Sterker nog, zijn vader nam geen contactbox mee, omdat de Gigons er dan achter konden komen waar Benji was. Dat was te gevaarlijk. Nu leek het erop dat de Gigons de lijnen van de contactboxen stil hadden gelegd. Posito liet de contactbox zien. Het was een tablet, zoals ze op

Aarde kennen. Het werkt alleen als er een kabeltje met een plugje via de box op het voorhoofd werd gezet.

'Is er dan geen familie uit het zuiden waar je contact mee hebt?' vraagt Benji.

'Ja, die is er wel. Ik krijg geen contact met ze, dus het vermoeden dat de Gigons dit hebben uitgeschakeld op de energielijnen zijn terecht,' zegt Posito.

Nu is het Benji's beurt om alles te vertellen, over zijn tocht naar Aarde, zijn opvang daar, de rol van zijn vader.

'Als jou vader op Aarde is gekomen, als een overgenomen Gigon, dan moet die Gigon bij hem in de buurt zijn geweest,' zegt Posito. 'Anders kan het niet.'

'Fajel gelooft dat mijn vader een verrader is,' zegt Benji. 'Zij is er niet van op de hoogte dat de Gigons ook zo massaal Efins overnemen. Dat zal een hoop verklaren.'

'Mogelijk is ze niet op de hoogte, omdat ze in een ander gebied heeft gevochten,' zegt Posito. 'Het is ook sinds kort dat dit gebied en Ivorkan is overgenomen. Daarvoor bezetten ze alleen plekken die minder of niet bewoond zijn. Even wat anders,' en hij wijst naar Antonio.

'Dat is een mens, toch?' zegt hij.

Benji werpt zijn hoofd achterover, als efinse bevestiging.

'Ik ben erg nieuwsgierig. Hij ziet er precies hetzelfde uit als wij, de zuiderlingen. Komt hij ook uit het zuiden? Is hij net zo oud als jij?'

Benji werpt zijn hoofd weer achterover.

'Hoe zijn de mensen? Zitten jullie op een school? Zoja, wat leren jullie daar? Hoe zijn de ouders? Kon je de taal gemakkelijk leren? Hoe is de natuur daar? Hoe is het eten daar? Weten de mensen dat je een buitenaards jongetje bent?' vraagt Posito.

'Dat zijn veel vragen,' zegt Benji. 'Welnu, de mensen zijn geweldig, maar sommige mensen niet. Dat zijn net Gigons, als je naar het karakter kijkt. Wij zitten op school. Daar leer ik vaak genoeg domme dingen. Het is anders dan hier op school. Ik heb vaak het gevoel dat ik meer weet dan anderen. Mijn pleegouders zijn geweldige mensen. Ik weet dat ze ons vreselijk missen, zich ongerust maken waar we zijn. We kunnen niets doen om ze gerust te stellen. De taal was in het begin wel moeilijk. Het lukte op gegeven moment wel om het te begrijpen en te spreken. De natuur is ook geweldig. Ik heb vele films gezien. Er is zoveel verschillende natuur, in allerlei landen. Alleen is het jammer dat mensen de natuur ver-nietigen, als ze de kans krijgen. Het eten is daar niet altijd lekker, omdat het niet zoet is. Ik moet het zoeten met foets of suiker. Antonio en mijn pleegouders weten dat ik een bui-tenaardse jongen ben. Pfff, nog meer vragen?'

'Wat hebben jullie rare schoenen aan,' merkt Posito op.

'Dat zijn aardse sneakers,' zegt Benji. 'Dat is heel gewoon op Aarde.'

'Ik heb nog iets voor jullie,' zegt Posito en hij haalt twee grote ringvormige voorwerpen uit zijn zak. 'Ik gebruik het dikwijls. Ik denk dat jullie er nu meer aan hebben.'

Hij werpt een ring boven het hoofd van Benji. De zwevende ring splijt uiteen tot twee ringen die al draaiend hun werk doen.

'Dit zijn goveraks. Dit bevordert een goede nachtrust,' zegt Posito. 'Dat zullen jullie wel nodig hebben.'

Terwijl Benji al begint te gapen, werpt hij de tweede ring boven Antonio's hoofd.

'Ik weet niet of het ook bij mensen werkt,' zegt Posito.

Antonio wil de goverak grijpen. Posito duwt zijn arm omlaag om dat te voorkomen.

'Ik voel nog niets,' zegt Antonio.

'Nu moeten we opletten,' zegt Posito.

'Hij verstaat je toch niet,' zegt Benji met lodderige ogen tegen Posito. 'Hij voelt nog niets.'

Intussen zakt Benji onderuit.

Hij kan zijn ogen niet meer openhouden en zijn laatste woorden die hij mummelt voordat hij in slaap valt zijn: 'Als

je een verrader bent, heb je ons mooi te pakken.'
Antonio zit er nog steeds wakker bij en kijkt bezorgd naar de slapende Benji.
'Wellicht duurt het bij mensen langer,' denkt Posito.
Na ongeveer een half uur, als Antonio er nog steeds wakker bij zit, zegt Posito: 'Nee, bij jou werkt het niet. Dan neem ik hem.'
Hij pakt de goverak terug en zet het boven zijn eigen hoofd. Even later valt hij in slaap. Antonio is nog klaarwakker en het duurt nog een tijd voordat hij in slaap valt.

De volgende dag is de lucht grauw en de kou is er nog. Verder is het droog en veel wind staat er niet. Ze eten een maaltje wilde paddestoelen en gaan weer op pad.
'De goverak werkt niet bij je vriend,' zegt Posito. 'Dus die dingen werken niet bij mensen.'
'Hoe werkt het dan?' vraagt Benji. 'Ik ken die technologie niet.'
'Een goverak heeft invloed op je hersengolven,' zegt Posito. 'De hersengolven van je vriend zijn anders.'
'Misschien hebben mensen geen hersengolven,' zegt Benji. 'Eerlijk gezegd is het geen informatie, die ik op Aarde heb onderzocht.'
'Even wat anders. We komen zo bij Escap,' zegt Posito. 'Daar is een robotschool.'
'Wat hebben we aan robots?' vraagt Benji.
'Ik weet het niet,' zegt Posito. 'Als ze er nog zijn en als ze het nog doen, kunnen we wellicht een paar robots meenemen, achterop de spertels en de vigol. Alle hulp is welkom.'
Benji vertaalt de tekst aan Antonio.
Antonio is even stil en vraagt dan: 'Waarom een robotschool, als ze robots kunnen programmeren?'
'Deze robots zijn zelflerend, programmeren zichzelf als het ware,' legt Benji uit. 'Dit omdat er te weinig programmeurs zijn. Als ze klaar zijn, kunnen ze Efins helpen.'

De robotschool

Ze benaderen Escap. Het is even stil als in andere steden.

'Ik ga alleen op pad,' zegt Posito. 'Voor jullie is het te gevaarlijk.'

'Echt niet. We gaan mee!' zegt Benji resoluut.

'Laat in elk geval dan de spertels achter. Die vallen te veel op. Ik laat ook mijn vigol hier staan,' zegt Posito.

Daar gaan de jongens mee akkoord. Ze lopen voorzichtig door Escap naar de robotschool. Ook de robotschool lijkt verlaten. Door de ramen te zien zijn de robots echter nog aanwezig. Bovendien staat er een symbool van de Gigons in de tuin. De robots doen alleen vreemd. In plaats van achter hun zwevende tafels en op hun zwevende stoelen te zitten staan ze allemaal op een rij. Hun leerkracht, ook een robot, leert ze twee armen recht omhoog steken en dan buigen met hun hoofd. Hij staat voor een groot scherm, dat geen beeld geeft. De robots staan met hun rug naar het groepje reizigers toe.

'Hoe kan het eigenlijk dat die tafels en stoelen zweven?' vraagt Antonio.

'Anti-zwaartekracht technologie,' zegt Benji. 'Aan de onderkant van de tafels en de stoelen en ook op de vigol zijn strips bevestigd, die dit moeten bewerkstelligen.'

'Er ligt een ouderwets boek op de grond,' zegt Posito. 'Al die ouderwetse boeken hebben we gescand en omgezet in schermversies.'

'Ja, en hoe gescand. Niet als de mensen bladzijde voor bladzijde, maar van voorkaft tot achterkaft,' zegt Benji. 'Boeken van papier zijn er nauwelijks meer.'

'Mmmm, als ik de titel bekijk is het in een vreemde taal,' zegt Posito.

Benji trekt zijn ogen tot spleetjes om de titel te lezen en zegt: 'Warempel, dat is een boek in de aardse taal. Mijn vader heeft wat boeken in de aardse taal met de scanner omgezet naar de schermversies en vertaald in de efinse taal. Zo heb ik al in mijn vroegste jeugd De Hobbit en In de ban van de Ring gelezen, aardse boeken. Mijn vader vertelde er wel bij dat de mensen zo niet echt leefden en ik de boeken als fantasie moest lezen.'

Ineens draait een robot zich om en de reizigers duiken naar beneden.

'We moeten een paar robots te pakken zien te krijgen,' zegt Posito. 'Wacht even.'

Hij pakt een steen een gooit hem door het raam heen. Dan rennen ze naar de struiken om zich daarachter te verbergen. Niet veel later komen de robots naar buiten, gewapend met straalwapens! Dat is vreemd, want de robots wapenen zich normaliter niet.

'Ze zijn ook overgenomen door de Gigons,' zegt Antonio.

'Dat kan niet,' zegt Benji. 'Ze zijn hooguit herge-programmeerd.'

Posito schiet met zijn straalwapen. Dat zet niet veel zoden aan de dijk. Dan lijkt het Benji verstandig om weer een wapen te gebruiken. Hij weet echter niet welke en kiest voor een blauwe, ronde schijf waarin een pupil lijkt te zitten. De opening is breed en hij richt en drukt op een knop. Een trillende straling in de volle breedte van de robotklas komt tevoorschijn en dat is niet het enige. De robots vallen uit elkaar. Schroeven en moeren raken los en ze ploffen één voor één neer. Ook de leerkracht is er bij. Daarna doet het wapen het niet meer. Een klein robotje is het drama ontlopen en rijdt weg, op zijn wieltjes. Posito gaat het achterna en weet hem snel te pakken.

'Gigons,' zegt het robotje. 'Wij zijn van de Gigons.'

'Wij zijn Gigons,' zegt Posito. 'Vermomd.'

Het robotje raakt in de war. Posito zoekt naar de uitknop en vindt deze snel. Hij zet de robot uit.

'Zo, snel naar het bos,' zegt Posito. Ze rennen naar het bos, alsof ze bang zijn dat de slachtpartij op de robots de Gigons heeft gewaarschuwd.

Eenmaal een eindje in het bos zegt Posito: 'Wat is dat nu voor flauwe kul. Eén van de wapens gebruiken.'

'Nou, toch hebben we die klas helemaal opgeruimd,' zegt Benji.

'Je weet niet waarvoor het moet worden gebruikt. Het heeft deze keer goed uitgepakt, maar ik had het met mijn gewone straalwapen wel afgekund. Bovendien hadden we dan meer robots gehad. Wellicht wel de leerkracht, dat is beter dan die kleintjes,' zegt Posito.

'Nou, dankbaarheid is maar alles,' zegt Benji met irritatie in zijn stem.

Posito blijft zwijgen. Benji zorgt voor de vertaling aan Antonio. Na een tijdje stoppen ze. Terwijl Benji verder knutselt aan Trot, gaat Posito met de robot aan de slag. Hij heeft al snel door hoe hij werkt en knutselt er wat aan. Dan zet hij hem aan.

'Gegroet, meester, wat kan ik voor u doen?' zegt het robotje.

'Ik noem je ten eerste Pruk en ik wil dat je achterop mijn rug gaat zitten. Ik heb er banden opgezet, vastbinden kan je jezelf wel,' zegt Posito.

'Zo, hij is niet meer onder invloed van zijn leerkrachtrobot,' zegt Posito tegen de jongens. 'Genoeg gepauzeerd, we gaan weer verder.'

'Ik wil Trot nog uitproberen,' zegt Benji.

'Dat komt later wel. We hebben nu een echte robot bij ons. Kom, knullen,' zegt Posito streng.

Zuchtend gaat Benji op zijn spertel zitten. Na enige tijd komen ze in het stadje Rodem. Ze laten de spertels en de vigol staan en nemen Pruk, de robot mee. Het stadje is omgeven door wild bos. Overal liggen takken en boomstammen, waar ze eerst overheen moeten klimmen. Voorzichtig naderen ze het stadje. Het lijkt hier net zo uitgestorven te zijn dan elders. Schijn bedriegt. Er komt een wezen aanrennen. Een wezen wat Benji nog nooit heeft gezien. Hij is veel kleiner dan Benji en heeft grote ogen en puntoren. Posito vindt het een goed idee om zich achter te struiken te verschuilen. Het wezen met de puntoren rent hen voorbij en wijst ergens naar. Nu zien ze het; het zijn een tiental Efins. Die rennen hen ook voorbij. Het lijkt erop dat de Efins achter het kleine wezen met de puntoren zitten.

Even later horen ze een hoop geroep. Het schijnt dat ze het wezen te pakken hebben. Dat is zo. De Efins komen terug met het wezen bij zich.
Benji kan het niet laten, stapt naar voren en vraagt: 'Wat heeft dat wezen jullie gedaan?'
'Wat doet hij nou?' vraagt Posito.
De Efins kijken Benji aan alsof ze water zien branden. Dan laten twee van hen het wezen los en willen ze met z'n allen

Benji aanvallen. Benji rent terug naar de struiken. Nu moet Posito wel z'n straalwapen gebruiken.

'Ik geef jullie rugdekking, ga zo snel als je kan richting het bos,' zegt Posito.

Pruk is ook bewapend. Normaal gesproken is de loop die kan uitschuiven in zijn borst niet gevuld, maar Posito heeft hem gevuld met ontelbare energie uit zijn oplader, zodat Pruk kan vuren. Benji en Antonio rennen naar het bos. Ze zien dat ze worden achtervolgd door een aantal mannen. Benji grijpt in de tas van Fajel en vindt een rond stuk geslepen glas. Was zou dat doen? Hij richt, drukt op een knop en een enorme regenboog van kleuren komt tevoorschijn. Ze kunnen niet zien wat daar achter gebeurt en rennen verder. Hijgend blijven ze aan de rand van het bos staan. In de verte zien ze dat de regenboog vervaagt. Daarachter liggen een aantal mannen in het gras.

'Gelukkig, ze zijn er niet meer,' zegt Antonio.

'Noem dat maar gelukkig. Dit zijn Efins die door Gigons zijn overgenomen,' zegt Benji.

Het kleine mannetje

Ze klimmen over de boomstammen en de takken heen en opeens ziet Benji het kleine figuurtje, dat op de takken loopt. Het ziet er naar uit, dat hij met hen mee wil. Benji besluit het wezen te negeren en klimt verder op de takken, totdat ze de plaats bereiken waar de spertels en de vigol staan. Hier blijven ze wachten op Posito en Pruk.

Het figuurtje blijft staan en Benji zegt: 'Ik denk niet dat hij mee kan.'

Het wezen verstaat hem niet.

'Wat een vreemde wezens kom ik hier tegen,' zegt Benji. 'Ik heb ze nog nooit gezien!'

'Het lijkt wel een sprookjesfiguur. Mogelijk is hij ontsnapt uit een ander gebied dat door de Gigons bezet is,' zegt Antonio.

'Nee, dat kan niet,' zegt Benji. 'Ik ken alle wezens van de planeet. Ik snap er niets van!'

Het figuurtje komt naderbij en kijkt de beide jongens aan. Antonio kan het niet na laten even aan zijn oor te voelen, iets wat het wezentje niet erg leuk vindt aan zijn ogen te zien.

'Het voelt aan als vlees. Hi hi, een echt sprookjesfiguur,' lacht Antonio.

'Het is geen sprookjesfiguur. Dat zijn aardse, fictieve wezens. Deze is echt,' zegt Benji.

Posito komt hijgend en vuil terug, met Pruk op zijn rug.

'Zo, die klus is geklaard!' zegt hij. 'Ze zijn ook allemaal opgeruimd! Nu hebben jullie weer een wapen gebruikt.'

'We moesten wel,' zegt Benji. 'Anders hadden die mannen ons gepakt. Jij hebt ook Efins gepakt en opgeruimd.'

'Het zijn Gigons,' zegt Posito. 'Wat moest ik anders?'

'Het zijn Efins die zijn overgenomen,' zegt Benji. 'Ze zijn in wezen onschuldig.'

'Toch moeten ze uitgeschakeld worden,' zegt Posito. 'Anders pakken ze ons.'

'Kun je de straal dan niet wat zwakker afstellen?' vraagt Benji. 'Dat ze bewusteloos raken.'

'Dan zou ik kunnen doen, maar dat helpt dan niet tegen eventuele echte Gigons,' zegt Posito. 'Mijn straalwapen is zo sterk dat ik echte Gigons ermee kan doden. Ik hoef niet meer het gevoelige punt in het hoofd te raken. De Gigons kunnen zo'n straalwapen als ik heb niet bedienen, want ze hebben drie vingers. Ik heb vijf vingers nodig. Jij hoeft ook geen rekening met de overgenomen Efins met je wapens, want je weet niet hoe ze werken.'

Benji zwijgt. Hij merkt dat de strijd hier op Piron heel erg woest is.

'Wat moet dat figuur hier,' zegt Posito, wijzend naar het kleine mannetje dat nog steeds staat te wachten.

'Ik weet het niet, hij kan de taal niet spreken,' zegt Benji. 'Ik denk dat hij met ons mee wil.'

'Dat kan niet! Wat hebben we aan hem?' vraagt Posito.

Hij gaat naar het mannetje toe en zegt dat hij niet mee kan. Natuurlijk verstaat het kereltje hem niet. Ze reizen verder, door het bos, dat vol zit met dooie takken en stammen. Ze moeten langzaam lopen met de spertels en Posito gaat ook langzaam op zijn vigol. Wat schetst hun verbazing als het mannetje hun achterna loopt en rent. Ze laten hem begaan, hij zou tenslotte wel moe worden. Of ze komen op een beter stuk terecht en dan zal het kereltje hen niet bij kunnen houden. Ze vergissen zich. Op een beter stuk, rent het mannetje bloedsnel achter hen aan.

'Hoe houdt hij het vol?' vraagt Benji zich af.

Tijdens een rustpauze is het kereltje nog steeds bij hen. Hij heeft dun lijkende kleding aan, dat niet is gemaakt van lipefoks. Toch heeft hij het niet koud.

'Weet je wat? We geven hem een naam. Laten we hem Drofi noemen,' zegt Posito.

'Dat betekent snelloper,' zegt Benji. 'Nou goed, Drofi dan, al vraag ik me af of hij wel naar zijn naam wil luisteren.'

Posito snijdt wat paddestoelen af en bakt deze op een kleine bakplaat die hij heeft meegenomen. Deze krijgt hij met ontelbare energie aan de praat.

Als hij met het bakken klaar is, zegt hij: 'Drofi, hier heb je wat te eten.'

Drofi ziet wat er wordt aangeboden. Hij weigert het aan te pakken.

'Nou, dan niet. Wat eet zo'n wezen dan?' zegt Posito.

Daar komen ze snel genoeg achter. Terwijl de spertels aan de bomen van de bladeren eten, klimt Drofi in een boom en eet gezellig een hapje mee.

'Is het een dier of is het een Efin?' vraagt Posito.

'Geen van beiden,' zegt Benji. 'In ieder geval kunnen we het niet van ons afschudden, dus het gaat gewoon mee.'

'Nou, tja, dan moet het maar,' zegt Posito. 'Over die wapens wil ik het nog wel hebben. Ik wil niet dat jullie die wapens gebruiken. Ik heb een straalwapen bij me en Pruk heeft er ook een, dus dat moet voldoende zijn.'

'Waarom geef je ons geen straalwapens,' zegt Benji. 'Wij kunnen ook meevechten.'

'Nog afgezien dat ik er geen meer heb, zijn jullie nog kinderen, zegt Posito. 'Ik wil niet hebben dat jullie vechten. Dus wellicht kun je die wapens aan mij geven.'

'Nee, nee, nee!' zegt Benji.

Als hij gaat slapen, gaat de tas van Fajel onder zijn hoofd. Hij vertrouwt Posito niet helemaal. Hij probeert wakker te blijven. Dat lukt niet. Als hij de volgende dag wakker wordt ontdekt hij dat Drofi en Antonio nog naast hem liggen. Ze slapen. Posito, Pruk en de vigol zijn echter weg.

'Potverdrie,' moppert hij in de aardse taal. De tas van Fajel is er nog. Hij kijkt meteen of alles er nog in zit. Jawel, alles zit er nog in.

Hij staat op en kijkt rond. Geen spoor van Posito en Pruk.

'Laat hij ons zomaar in de steek?' vraagt Benji zich af.

Antonio wordt wakker en niet veel later ook Drofi.

'Posito heeft ons in de steek gelaten,' zegt Benji. 'Gelukkig hebben we alles nog.'

'Waarom laat hij ons zitten?' vraagt Antonio.

'Misschien vindt hij het te gevaarlijk voor ons,' zegt Benji. 'Hij zei nog dat wij kinderen zijn en geen wapens moeten gebruiken.'

'Zonder hem is het nog veel gevaarlijker,' zegt Antonio.

Plotseling horen ze gekraak achter zich.

De bosbrand

De jongens draaien zich vliegensvlug om. Het is Posito met Pruk.

'Jullie dachten natuurlijk dat ik er vandoor was,' zegt Posito. 'Ik was even de boel aan het inspecteren. Verderop is een heel stuk bos, waar we langzaam moeten lopen, klimmen en zweven, omdat er veel boomwortels groeien.'

'O,' zegt Benji, 'dat is vervelend.'

Ze ontbijten met paddestoelen en gaan dan weer op weg. Het is een lange, saaie weg naar Turban. Opeens rent Drofi langs hen heen en gaat voor hen staan. Hij maakt gebaren met zijn handen als: 'Nee, ga niet verder.' Gebaren die voor iedereen, behalve Posito, duidelijk zijn.

'Wat zullen we nu krijgen?' vraagt Posito.

Hij kijkt langs Drofi heen en ziet dezelfde weg voor zich, vol met boomwortels.

'Wat bedoelt hij toch met die gebaren?' vraagt Posito.

'Dat we moeten stoppen,' zegt Benji

'Ik zie niet in waarom we moeten stoppen,' zegt Posito. 'Ga opzij, Drofi!'

Drofi gaat niet opzij. Hij blijft eigenwijs staan. Posito stapt zuchtend van zijn vigol en trekt het mannetje weg. Althans, dat probeert hij, Drofi blijft echter staan, alsof hij aan de grond is vastgeklonken. Posito trekt nog harder. De voeten van Drofi bewegen niet. Hij is sterk.

'Nou, dan zit er maar één ding op,' zegt Posito. 'Om hem heen rijden gaat niet, dus dan over hem heen.'

'Dat kun je niet maken,' zegt Benji.

Posito heeft de vigol al gestart en gaat snel voorwaarts. Drofi duikt vlug achter een boomstam.

'Zie je dat het werkt,' zegt Posito. 'Kom!'

Even later staat Drofi weer voor hen met wilde gebaren.

'Wat is er nou toch?' moppert Posito.

Hij laat het nu om Drofi proberen weg te trekken en start

meteen zijn vigol. Drofi duikt net op tijd in de struiken.

'Dat gaat vervelend worden,' zegt Posito.

Voor de derde keer stormt Drofi naar voren op een smalle plek en probeert de reizigers te verhinderen verder te gaan.

'Volgens mij ben je een verrader, Drofi,' zegt Posito.

Benji is het niet ontgaan dat Drofi zijn grote oren spitst.

'Mogelijk hoort hij wel iets wat wij niet horen. Gevaar,' zegt Benji.

'Onzin!' zegt Posito. 'Ik ken dit bos. Het is lastig begaanbaar. Echter, met wat moeite te doen. De enige die gevaar voor ons zou kunnen betekenen zijn Gigons en die hebben een hekel aan het bos.'

'Nou, dan toch wel overgenomen Efins,' zegt Benji.

'Gigons en overgenomen Efins zoeken in de steden, niet in de bossen, waar niemand komt,' zegt Posito. 'Kom, we gaan verder.'

Posito start weer zijn vigol en dit keer duikt Drofi tussen twee bomen. Benji ziet dat hij somber kijkt en achter hen sluit.

'Dit is een mooie gelegenheid om de fotofunctie van Trot uit te proberen,' zegt Benji.

Hij start de kop van Trot en deze keer gaat het iets beter. De kop vliegt vier meter omhoog, voor en achter en links en rechts. Het is, aan de foto's te zien, nog altijd niet voldoende voor een groot overzicht. Langzaam gaan ze door het bos, urenlang. Opeens hoort Benji dat Lalp zacht piept.

'Gigons, ze zijn in de buurt,' zegt hij.

'Dat kan niet, we zijn nog lang niet in Turban. Het is hier een en al bos,' zegt Posito.

'Toch hoor ik het, ze zijn hier,' zegt Benji.

'Laten we teruggaan,' zegt Antonio.

'Dat is natuurlijk wat Drofi hoorde,' zegt Benji. 'Het geluid wordt al harder.'

'Het bos is zo groot, we kunnen ze ontwijken,' zegt Posito.

'Dan moet je wel dat geluid afzetten. Jammer dat je geen stil alarm hebt,' vervolgt Posito.

83

Benji zet het geluid uit en kijkt angstvallig om zich heen. Het begint al donker te worden en hij is bang de Gigons tegen het lijf te lopen. Voorzichtig rijden ze verder, iets meer in de richting naar het oosten, op aanwijzing van Posito. Hopelijk zouden de Gigons naar het westen trekken. Plotseling springt er een bewapende Gigon voor hun neus en nog eentje. Al snel ontdekken ze dat ze omsingeld zijn door Gigons, een stuk of tien.

'De Gigons houden niet van het bos, nou, deze wel,' zegt Antonio.

'Kop dicht. Wapens hier,' zegt de voorste Gigon.

Posito ziet dat de overmacht te groot is en hij laat zijn wapen met spijt vallen. De Gigon komt naar hem toe, ziet Pruk achter op zijn rug en wil het robotje afnemen. Op dat moment denkt Benji koortsachtig na. In de handen van de Gigons is het over en uit. Hij moet de wapens gebruiken. Als eentje niet voldoende is, dan moet hij er twee gebruiken, of drie. Hij kijkt rond, alle Gigons hebben zich verzameld voor hen. Als de Gigons even niet op hem letten, pakt hij de platte, rode, ovaal met de zwarte stip in het midden. Het heeft meerdere openingen en een knop. Dan drukt hij op de knop. Grote stralen vuur komen uit de openingen en raken de Gigons en ook de bomen. Benji moet het wapen loslaten omdat het gloeiend heet is geworden. Verbijsterd kijkt hij naar de Gigons, die al brandend wegrennen en nog meer bomen in brand steken. De Gigon die de robot wilde afnemen kijkt geschrokken naar het tafereel en besluit om zijn soortgenoten te volgen.

'Er is brand in het bos,' zegt Posito, die snel zijn wapen van de grond pakt. 'We moeten vluchten, terug naar waar we vandaan kwamen.'

Posito kan met de vigol snel weg door het bos en doet dat ook, gevolgd door een hardrennende Drofi. De spertels kunnen niet zo snel, vanwege de boomwortels en al snel dreigen Benji en Antonio door het vuur omringd te worden.

'Stel lafaards,' roept Antonio. 'Ze gaan er vandoor zonder ons.'
Posito komt echter terug, zonder Pruk en neemt Benji op zijn
rug. Drofi komt terug en neemt, wonderbaarlijk wat voor
kracht zo'n klein ventje kan bezitten, Antonio op zijn rug. Zo
vluchten ze weg van de ergste brandhaard, de twee arme
spertels achter zich latend. Het gaat hard regenen en dat is nu
welkom. Ze weten uit het bos te rennen en zien dat de brand
minder hard gaat. Posito zet Benji op de grond en Drofi zet
Antonio op de grond.
'Zie je wat er van komt, als je die wapens gebruikt,' zegt
Posito. 'Nu ben ik Pruk kwijt en we kunnen niet door het bos
heen. Bovendien zijn jullie nu lopend.'
'Anders waren we door de Gigons te grazen genomen,' zegt
Benji.
'Ik had die Gigons heus wel verslagen,' zegt Posito
'Zonder wapen?' vraagt Benji.
Posito kijkt hem aan.
'Je hebt eigenlijk wel gelijk,' zegt Posito. 'Het is alleen
jammer dat we niet weten wat jullie wapens precies doen. Dat
schept nogal onverwachte situaties.'
'Stel je voor dat ze ons hadden overgenomen,' zegt Benji.
'Dan hadden ze ons eerst naar een fijne plek mee moeten
nemen, waar de Gigons in slaap kunnen vallen,' zegt Posito.
'Ik zie ze nog niet in het bos slapen.'
Benji voelt nu pas zijn verbrande hand.
Posito ziet het en zegt: 'Je hebt een verbrande hand. Wacht, ik
heb hier iets voor.'
Hij grabbelt in zijn zakken en haalt een flesje met een soort
vloeibare zalf eruit, dat hij op Benji's hand smeert. Het geeft
meteen verlichting. Het regent nog steeds en het is donker
geworden.
'Niet fijn om hier te zijn, we kunnen nergens schuilen,' zegt
Posito. 'We moeten nu over het veld doorlopen naar Turban
en hopen dat geen van de Gigons het heeft overleefd, want
dan waarschuwen ze de rest.'

Antonio zucht. Hij beseft dat ze moeten doorlopen en hij is erg moe.

Posito stapt van zijn vigol en zegt: 'Die kunnen we gebruiken, omstebeurt. Als je er een stukje mee gezweefd hebt, wacht je op ons.'

Antonio gaat als eerst. Hij durft niet ver te zweven. Op oogafstand stopt hij, om op de anderen te wachten.

Turban

Het begint nog harder te regenen. Ze zijn gestopt bij Antonio, die de vigol wil overdragen. Posito kijkt naar het smeulende stuk bos.

'Volgens mij heb ik hier ergens Pruk achtergelaten.' zegt Posito. 'Ik ga hem zoeken.'

'De brand zal hem hebben verwoest,' zegt Benji.

'Wellicht,' zegt Posito. 'Het is vervelend, jullie moeten blijven wachten.'

Hij zet een open fles in het veld om regenwater op te vangen en gaat ervandoor. De jongens zien dat de man zijn zaklantaarn aanknipt en langzaam aan verdwijnt hij in de diepte van het bos. De jongens kunnen beiden op de in het gras liggende vigol zitten. Drofi gaat in het natte gras zitten.

'Toch heeft Drofi het goed aangevoeld, dat we de Gigons tegen kwamen, lang voordat we hen hoorden en nog langer voordat we hen zagen,' zegt Antonio.

'Volgens mij is het toch echt het gehoor van Drofi,' zegt Benji. 'Hij hoort op zeer grote afstand, waar wij nog niets horen.'

'We kunnen hem niets vragen,' zegt Antonio, terwijl hij naar de voor zich uitstarende Drofi kijkt.

Na een tijdje knort de maag van Antonio hard.

'Ik heb honger,' zegt Antonio. 'Ik wil dat Posito terugkomt.'

'Eten uit het bos kunnen we nu niet meer,' zegt Benji. 'Posito zou op zoek gaan naar Pruk en niet naar eten.'

'Dan kunnen we tenminste doorlopen en kan ik des te sneller in Turban iets eten,' zegt Antonio.

'In Turban iets eten!' zegt Benji. 'Ik denk dat we daar helemaal niets kunnen eten.'

'We moeten toch iets eten!' zegt Antonio.

'Ach, misschien groeit er nog wel iets in het veld,' zegt Benji.

Het duurt, naar hun gevoel, uren, voordat Posito terugkomt

met Pruk. Hij is helemaal zwart geblakerd en sommige functies werken niet. Posito bindt hem om zijn rug. Het gaat zachtjes regenen. Toch gaan ze nog verder, zoals afgesproken, telkens een ander op de vigol. Alleen Drofi niet, die volgt hen, alsof hij helemaal niet uitgeput is. Alleen zijn ogen kijken verlangend naar de bomen in het bos. Hij realiseert zich dat er een grote brand in het bos is geweest en dat alle bladeren zwart geblakerd zijn. Wanneer de regen stopt, nemen de reizigers rust. Benji en Antonio gaan slapen, terwijl Posito zich op de robot stort om hem te herstellen, gevolgd door de nieuwsgierige blikken van Drofi.

De volgende dag is er een prachtige zonsopgang. Eerst de ene, wat grotere zon, en iets later de kleinere zon. De groenblauwe lucht is gevuld met kronkels en kringen. Antonio kijkt er verwonderd naar.
'Als de zonnen de hele dag blijven schijnen, dan hebben we geluk,' zegt Posito. 'We moeten dicht bij de bosrand blijven lopen, dan hebben we de minste kans ontdekt te worden.'
De zonnen blijven echter niet zichtbaar. Is er eerst een wolk die dan de ene zon, dan de andere zon en soms beiden bedekken, op gegeven moment is de lucht grijs. Het blijft echter droog. Als Antonio aan de beurt is voor de vigol, stopt hij waar hij in de verte een veld met grote planten ziet. Zouden die niet eetbaar zijn? Hij heeft zo'n honger. Hij ziet de anderen aankomen en zweeft met de vigol, onder het maken van gebaren, naar het veld.
'Antonio,' roept Benji.
Antonio hoort het echter niet en zweeft naar het veld toe. Ja, het zijn inderdaad grote planten en ze dragen dezelfde vruchten als ze bij de groentenaangevende planten hadden gegeten. Antonio probeert een vrucht te plukken, doch dat gaat zeer moeizaam. Na een flinke ruk aan de steel te hebben gegeven, heeft hij een vrucht in zijn hand.
'Geen wonder dat die andere planten hun vruchten zelf

plukken,' denkt hij en neemt een flinke hap.

Zijn tanden komen niet verder dan de buitenkant. Wat is dat vies. Net rubber. Benji is hem intussen genaderd.

'Gatver,' zegt Antonio.

'Logisch, je hebt net van robotplanten gegeten,' zegt Benji, wijzend naar een bord. 'Kan je niet lezen?'

'Nee, dat kan IK niet lezen,' zegt Antonio.

'Stom van me. Uiteraard kun jij dat niet lezen,' zegt Benji. 'Boeren die robotplanten neerzetten, moet dat wel aangeven via een bord. Ik heb er enkele planten zien bewegen.'

'Natuurlijk zie je ze bewegen, dat deden die andere planten toch ook,' zegt Antonio.

Hij kijkt rond en ziet inderdaad wat planten bewegen.

'Dat zijn half planten, half robots,' zegt Benji. 'Deze zijn echte robots. Ze zien er hetzelfde uit als onze gewone planten, maar deze verplaatsen zich.'

'Wat een rotstreek om zoiets te maken,' zegt Antonio.

'Wij konden op Piron altijd voldoende voedsel krijgen,' zegt Benji. 'Deze zijn bedoeld voor de sier.'

'Kijk daar,' zegt Antonio.

Ze zien een aanstormende fiodel zweven in de lucht met als bedoeling in Turban te landen.

'Snel, tussen de planten,' zegt Benji.

Antonio doet wat er gezegd is, totdat de fiodel uit het zicht is verdwenen. Daarna zweven en lopen ze terug naar de anderen en vervolgen hun weg. Antonio en de anderen zullen voorlopig nog honger houden. Voor de dorst hebben ze nog wat regenwater, al is dat niet veel. Antonio begint het te vervelen dat ze op Piron zijn. Hij wil terug en vraagt hier regelmatig om.

'Als we een ruimteschip tegen komen dat weer terug naar de Aarde gaat, dan ben je de eerste,' zegt Benji.

Dat stelt Antonio niet gerust. Ze lopen en zweven stug verder en rusten nog een nachtje uit. Het blijft gelukkig droog. Posito werkt verder aan Pruk en op gegeven moment, doen al de functies het, behalve de wapenfunctie.

De volgende dag bereiken ze Turban. Nu moeten ze heel voorzichtig zijn. Het is doodstil in de straten. Op gegeven moment zien ze het. Een omheining met allemaal Efins erachter. Ze zijn bezig met werkzaamheden. Ze kunnen niet zien wat ze doen. Het lijkt wel of ze bezig zijn met iets kleins. Sommigen doen dat zittend. De meesten doen het staande. Kleine kinderen, mannen en vrouwen, iedereen doet mee. Het ergste is dat het kamp ook bewaakt wordt door Efins. Posito ziet één van zijn vrienden in het kamp zitten. Hij ziet ook twee van zijn vrienden het kamp bewaken.
'Ik kan niets doen,' zegt hij. 'Als ik op mijn vrienden vuur, zijn ze dood.'
'We kunnen ze dan niet bevrijden,' zegt Benji. 'Hoeveel bewakers staan er?'
'Ik tel er van deze kant zes,' zegt Posito.
'Als je wat dichterbij kan komen, dan kun je het slot van de omheining open proberen te vuren,' zegt Benji. 'Dan zoeken de Efins wel de weg naar de vrijheid.'
'Dat is een goed idee van je,' zegt Posito. 'Ik ga het proberen.'
Hij nadert het kamp dichterbij, door gebruik te maken van de nabij gelegen gebouwen. Dan komt er een punt dat hij niet verder kan, omdat anders de wachters hem ontdekken. Hij heeft zijn straalwapen langdurig in de aanslag. Het moet lukken. Hij schiet twee keer achter elkaar. De wachters zijn verbouwereerd. De gevangenen rukken aan de omheining. De wachters proberen ze tegen de houden. Posito rent weg, gevolgd door een wachter, één van zijn vrienden. Als Posito bij de anderen is, draait hij zich om en kijkt in het gezicht van zijn vriend.
'Sorry, ik moet,' zegt Posito en hij schiet met het straalwapen zijn vriend neer.
Ze rennen weg van het kamp en zien de gevangenen intussen de vrijheid inrennen.

'De Gigons zullen nu wel gealarmeerd zijn,' zegt Benji. 'We moeten wegwezen.'

'Daar, we kunnen dat gebouw in,' zegt Posito.

De deur staat op een kier, zodat ze er gemakkelijk in kunnen. Voorzichtig sluiten ze de deur. Het is er donker. Met behulp van de zaklantaarn van Posito en de lantaarn die op Trot zit, kunnen ze iets zien.

'Ik heb mijn straalwapen zwakker ingesteld,' zegt Posito, 'in de hoop dat ik mijn vriend niet het gedood.'

Opeens begint Lalp hard te piepen.

'Zet het straalwapen weer wat sterker, de Gigons zijn hier,' zegt Benji en hij zet het alarm uit.

Ze kijken rond in de ruimte. Het is donker. Ze zien niets. De Gigons moeten buiten zijn.

Opeens zegt Antonio: 'Hier ligt voedsel en ik denk water!'

Dichterbij gekomen zien ze het. Ontelbare kuipjes viserams, een voedzame pasta van noten en vlees en veel flesjes met heldere vloeistof. Antonio heeft al een kuipje opengemaakt en schept met zijn vingers een flinke klodder eruit.

'Dat kunnen we meenemen,' zegt Benji en vult zijn rugzak met kuipjes en flesjes. Hij vult ook de zakken van Antonio, Posito en Drofi.

'Dit is een opslagplaats,' zegt Antonio.

'Ja, wel met verschillende soorten viserams, hier eentje met kakelnoten en vangvlees. Hier een met togernoot en tugervlees, en hier met slaapnoten en Irdans vee.'

'Het zegt me niets,' zegt Antonio. 'Wat is vangvlees, tugervlees en Irdans vee?'

'Ja, waar kan je het mee vergelijken. Botjevangs, oftewel vangvlees, heb je gegeten. Het lijkt op kip. Het is een groot dier, lopend op twee poten. Tugervlees is vlees van de Tuger, een klein dier met knaagtanden. Misschien, als ik het aards bekijk, lijkt dit vlees een beetje op konijn. Irdans vee lijkt het meeste op rundvlees. Het is toch anders. Ze zien er ook anders uit, heel klein en wollig. De noten smaken een beetje naar pinda's, naar walnoten en amandelen,' zegt Benji.

'Jullie maken alles zoet,' zegt Antonio. 'Dus de smaak is allemaal gelijk.'

'Helemaal niet,' zegt Benji. 'Dat komt omdat je een aards jongetje bent, dat alles wat je proeft hetzelfde smaakt. Foets is ….'

'Stil eens,' zegt Posito.

Er wordt gemorreld aan de deur, die goed is afgesloten. Ze houden hun adem in en Posito houdt zijn wapen in de aanslag. Voor alle zekerheid gaan ze achter de stapel kuipjes zitten. Ze horen stemmen.

'Kom, anderen waarschuwen,' horen ze zeggen.

Het gemorrel houdt op. Het wordt stil op straat. Er is in de ruimte geen raam waar ze naar buiten kunnen kijken.

'We moeten er vandoor,' zegt Posito. 'Ik zal eens poolshoogte gaan nemen.'

Voorzichtig opent hij de deur.

'Kom,' zegt hij.

Voorzichtig sluipen ze naar buiten. Het is inderdaad stil in de straten.

'Kijk daar,' zegt Antonio.

In de verte zien ze veel Gigons op spertels. Ze proberen ontsnapte gevangenen in de halen. Met zwepen en lasso's proberen ze de gevangen zoveel mogelijk te grijpen. In de straten zien ze sommige Efins liggen. Of het zijn ontsnapte gevangen, of het zijn overgenomen Efins. Ze zien een groepje Gigons aankomen en duiken weer een leegstaand huis in.

'Poeh, het is wel moeilijk om hier weg te komen,' fluistert Benji.

Het valt hem op dat het koud is in het huis, zeker drie graden onder nul.

'Hier!' zegt Antonio en hij wijst op zes slapende Gigons, die her en der verspreid liggen op de vloer van de kamer. Benji en Posito deinzen achteruit. Deze slapen inderdaad nog. Het lijkt erop of de Gigons lege huizen hebben uitgezocht om te slapen en de Efins hun werk hebben laten doen. Op één of andere manier zijn deze nog niet gealarmeerd. Benji ziet een verkoelingselement aan de muur hangen. Daarmee hebben de Gigons de temperatuur in het huis naar beneden gesteld.

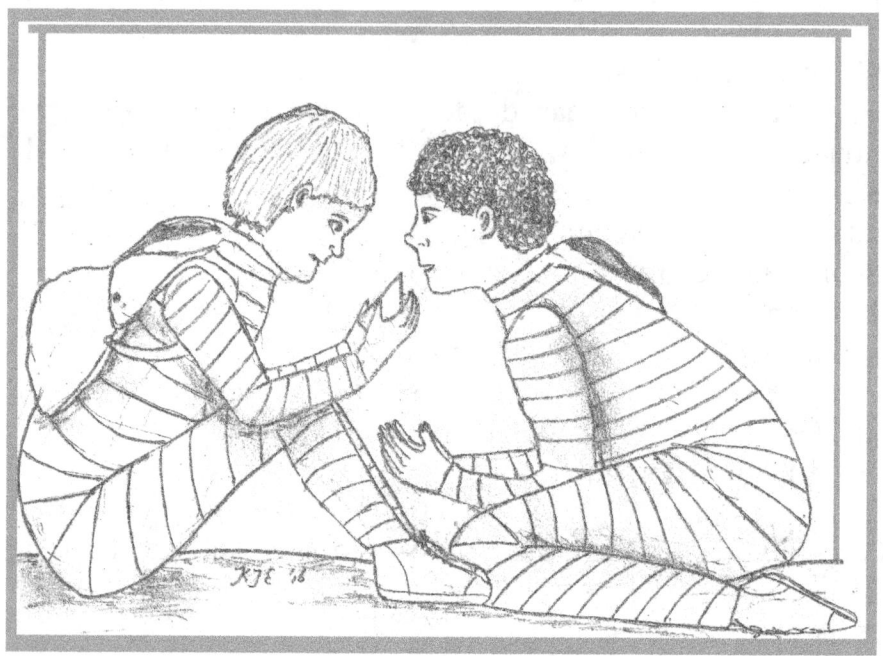

'Vlug,' zegt Posito, terwijl hij zijn straalwapen sterker aan het afstellen is. 'Voordat ze wakker worden.'
Hij schiet een Gigon dood en nog één. Opeens wordt de deur van het huis opengetrapt. Ze verbergen zich snel achter wat kasten, die los in de kamer staan. Wat gaat er gebeuren? Een paar Gigons stormen binnen.
'Kijken of hier nog van ons zijn,' zegt er één. 'Ze wakker maken.'
'Raak!' zegt een ander.
Met een flesje waaruit nevel komt besproeit hij de op de grond liggende Gigons. Vier ontwaken er.
'Wakker worden, de gevangenen zijn ontsnapt,' zegt de ene.
Twee zijn er dood, die worden niet meer wakker.

'Waarom worden die twee niet wakker,' zegt de Gigon die ze heeft besproeit.

'Ze zijn dood!' zegt de ander.

'Dood gemaakt door de gevangenen,' zegt de Gigon.

Opeens maakt Drofi een vreemd geluid, een soort nies. Hij kan er niets aan doen, De Gigons zijn gealarmeerd. Ze gaan op het geluid af en Posito trekt zijn wapen. Benji heeft ook al een wapen gepakt, een platte gouden driehoek. Drofi zit achter een smalle kast en ziet angstig toe hoe de Gigons hem naderen. Dan vlucht hij naar de kast waar Benji en Antonio achter zitten. Posito, die weer achter een andere kast zit, schiet naar de Gigons, die dreigend naar Drofi lopen. Een Gigon zinkt naar de grond. Benji aarzelt het wapen te gebruiken. Hij weet niet wat het gaat doen. Hij moet echter wel. De Gigons zijn bijna bij hen. Hij drukt op een knopje en een mist verspreidt zich. Het beneemt hem de adem.

'Snel, je mond en neus afdekken,' roept Benji in de aardse en efinse taal.

Hij ziet bijna niets. Hij trekt Drofi mee en vlucht op zoek naar de uitgang. Antonio en Posito ziet hij niet. Hij gaat op het licht af. Af en toe ziet hij iets wat op een Gigon lijkt en met zijn armen zwaait door de mist. Hij snakt naar adem, ondanks dat hij zijn mond en neus heeft afgedekt. Dan vindt hij de openstaande buitendeur en vlucht naar buiten. Drofi is bewusteloos en Benji sleept hem mee. Hij rent met Drofi naar buiten en ziet dat een Gigon ook naar buiten komt. Dat beloofd niet veel goeds, zeker niet als hij ziet dat de Gigon zijn wapen op hem richt. Opeens wordt de Gigon in zijn rug geschoten. Het is Posito die samen met Antonio naar buiten komt. Antonio hoest en proest.

'Wegwezen hier,' zegt Posito en hij neemt de bewusteloze Drofi over.

Benji pakt de vigol over en ze rennen weg, gevolgd door nog een Gigon die uit het huis is ontsnapt. Posito heeft Drofi over zijn schouder geworpen en schiet. Raak! De Gigon zinkt naar de grond. Ze zien een aantal spertels liggen, gezadeld en geteugeld.

'We kunnen die nemen,' zegt Posito.

Drofi is inmiddels weer bij kennis en kijkt lodderig uit zijn ogen. Hij zet het mannetje op een spertel en kruipt er zelf op eentje. Antonio en Benji volgen zijn voorbeeld. Snel galopperen ze weg. Als ze omkijken zien ze een aantal Gigons, die op hen proberen te schieten. Ze zijn al te ver weg en worden niet geraakt. Zo vluchten ze weg.

Op een rustiger stuk zegt Posito. 'Was die mist nu dodelijk voor de Gigons.'

'Ik weet het niet.' zegt Benji. 'Het gaf ons in ieder geval de gelegenheid om te ontsnappen. Drofi raakte ervan bewusteloos.'

'Drofi had niet verstaan om zijn mond en neus af te dekken,' zegt Posito. 'Wij wel en wellicht de Gigons ook wel.'

'In ieder geval zijn er een aantal gevangenen ontsnapt,' zegt Benji,

'Voor de overgenomen Efins ziet het er slecht uit,' zegt Posito. 'Als ze weer bijkomen, dan worden ze meteen weer overgenomen. Ze krijgen de kans niet om zich te realiseren dat ze weer vrij zijn.'

'In ieder geval zijn de Gigons in de nabijheid,' zegt Benji. 'Wat zou kunnen betekenen dat de afstand die de Gigons willen om Efins te kunnen overnemen, nog niet gerealiseerd is. Waar gaan we nu heen?'

'We kunnen weer door het bos, een beter begaanbaar bos,' zegt Posito. 'Dan komen we in het gebied Irdan en in het dorp Bergon.'

'Hopelijk zijn daar dan Efins die nog niet door de Gigons zijn overgenomen,' zegt Benji.

De Irdanse dansvogel

Ze rijden door het bos, dit keer een vriendelijk bos. Benji realiseert zich dat ze de richting van de Salsi-Jar oprijden en hij vraagt het aan Posito.

'De fiodels vanaf het noorden van Turban, gaan vanaf Selvis, via Goves, via Danner, via Cobli-Jar, via Zlevi-Jar, via Salsi-Jar en via Bergon. Dus ja, als alles goed gaat gaan we naar de Salsi-Jar. Het is de vraag of we in Bergon of in de Salsi-Jar vrije Efins aantreffen,' zegt Posito.

'We zijn nu al zo lang op zoek naar vrije Efins,' zegt Benji. 'Volgens mij treffen we ze nooit.'

'We hebben er anders een heleboel vrij gelaten,' zegt Posito. 'Daar waar ze eerst door de Gigons overdonderd werden, zullen deze ook wel de wapens oppakken. We zijn dus aan de winnende hand.'

Benji vindt dit wat overdreven van Posito. Ze weten nog niet wat hen te wachten staat. Ze weten niet veel van de veroveringstactieken van de Gigons. Ze weten dat Gigons sommige Efins overnemen en de overige Efins doden of gevangen nemen. Ze begrijpen niet goed dat de Efins niets terug doen.

De eerste avond dat ze uitrusten in het bos, werkt Benji weer aan Trot. Hij probeert hem nadien uit en Trot doet het veel beter. Hij bereikt met zijn foto's het uiteinde van het bos en in de verte zien ze een dorp liggen. Nu heeft Posito grote belangstelling voor Trot.

'Handig, dit robotje. Zo weten we nog hoe ver we moeten gaan.'

'Nou, hoe ver nog naar Bergon?' vraagt Benji.

'Ik schat nog een dag of twee,' zegt Posito. 'Gelukkig is het droog, hebben we genoeg drinken en voedsel bij ons, dus we kunnen het aan.'

Antonio en Benji krijgen een kuipje viseram en een flesje water van Posito. Antonio merkt dat zelfs het water zoet smaakt. Werkelijk alles is zoetig. Hij begint er echter aan te wennen. Hij moet wel, want hij heeft honger. Toch verlangt hij naar het eten van zijn moeder of vader. Gewoon vlees met groente en aardappelen. Dat is pas lekker. Zelfs spruiten lijken hem smakelijk.

De volgende avond, weet Posito de wapenfunctie van Pruk te herstellen. Hij is opgelucht. Antonio niet.
'Verdorie,' zegt Antonio. 'De verwarmingsfunctie van het pak doet het niet meer.'
'Hoe kan dat nu?' vraagt Benji, die het meteen tegen Posito zegt.
'Ik kan hem wellicht vullen met ontelbare energie. Zeg tegen hem, dat hij het pak uit moet trekken.'
Antonio trekt met tegenzin het pak uit en zit de rillen van de kou, waarop Benji zijn pak uittrekt en het aan Antonio geeft. Antonio zet meteen de verwarmingselementen aan en glimlacht.
'Lekker warm,' zegt hij.
'Het lukt niet met ontelbare energie,' zegt Posito. 'Dit pak is anders gemaakt.'
'Het geeft niet,' zegt Benji. 'Ik trek het pak wel aan, ik ben geen koukleum zoals Antonio.' en hij knipoogt naar Antonio.
Antonio weet niet waar hij het over heeft en kijkt vragend naar Benji. Die zegt niets. Zo brengen ze nog een nacht door in het bos.

De volgende dag bereiken ze Bergon. Wat hen meteen opvalt is een groot bord, dat een nieuwsuitzending laat zien. Ze hebben wel meer van die borden gezien. Die deden het echter niet. Deze wel, zij het met een hoop strepen en gekraak. Benji en Posito horen nieuwsgierig aan wat de nieuwslezeres heeft te vertellen.
'Troepen Gigons zijn het gebied Irdan binnen gedrongen. We zoeken op dit moment contact met bewoners in Irdan. Hier

hebben we iemand.'

Op het beeld verschijnt een oudere man.

'Het is vreselijk. Verdwijn hier, zo snel als je kan. Als ik weg kan, ga ik ook. Gigons doden iedereen.'

De nieuwslezeres kwam weer in beeld.

'Onze verslaggever werd hierna onder vuur genomen door de Gigons. Onbekend is wat er met hem gebeurd is en...'

Ze kijkt opzij, waar ze iets ziet en vervolgt: 'Efins, het is over. Vlucht, vlucht!'

Daarna wordt het beeld zwart. Een tel later komt er een herhaling van wat ze gezien hebben.

'Dat is geweest,' zegt Posito. 'Net wat ik dacht, de Gigons hebben hier ook huis gehouden.'

'Dat is jammer. Het is hier een prachtig gebied,' zegt Benji en dan, op droevige toon. 'We waren hier voor een korte vakantie, toen de Gigons mijn mama meenamen.'

'Benji,' zegt Posito, 'het spijt me voor je.'

'Het geeft niet,' zegt Benji. 'Des te meer reden om met de Gigons af te rekenen.'

Benji vertaalt het meteen voor Antonio.

'Ik wil naar huis,' zegt Antonio. 'Mams en paps maken zich erge zorgen over ons.'

'Ja,' zegt Benji, 'dat begrijp ik. Zodra we een ruimtevaartuig tegen komen, dat naar de Aarde gaat, ga jij naar huis.'

'Jij dan? Jij gaat dan toch mee?' vraagt Antonio.

'Ik weet het niet. Ik denk het niet. We moeten de Gigons bestrijden, mijn vader vinden.' zegt Benji.

'Dat lukt je nooit met zo weinig mens... eh Efins,' zegt Antonio. 'Wat hebben jullie nog meer bij je, een robot en een soort elf, die niets zegt?'

Daar heeft Antonio weer gelijk in. Benji twijfelt ook. Aan de andere kant hoopt hij ook de Salsi-Jar weer te zien. Hij zwijgt, alleen met zijn gedachten.

'Kom, we gaan weer verder,' zegt Posito.

Ze volgen hem naar een groot gebouw.

'Eens kijken wat er in dit gebouw te zien is,' zegt Posito.

'Ik ken dat gebouw,' zegt Benji. 'Ik heb het gezien tijdens die vakantie. Het is een driedimensionaal pretpark.'

'Laten we toch voorzichtig zijn,' zegt Posito en hij opent met getrokken wapen de deur.

Ze komen in een donkere ruimte, die de ingang moet voorstellen. Het is niet zo erg koud als in het huis in Turban, dus waarschijnlijk slapen hier geen Gigons. Lalp slaat ook niet aan. Alert als hij is gaat Posito op pad met zijn zaklantaarn en zegt tegen de jongens en Drofi, dat ze op hem moeten wachten. Drofi achtervolgt hem eigenwijs en Posito laat hem begaan, omdat hij toch weet dat Drofi de taal niet verstaat en zelfs moeite heeft met efinse gebaren. Na enige tijd komen Posito en Drofi terug.

'De kust is veilig,' zegt Posito. 'We kunnen de nacht hier doorbrengen.'

'Dan moet er intussen wel wat licht zijn,' zegt Benji en hij drukt op een paar knoppen van een toetsenbord wat hij al die tijd al zag hangen.

Het werkt! Lichtknoppen gaan aan, overal. Bovendien lijkt het erop dat alles werkt. Ze gaan de eerste zaal in, die donkerder is dan de rest. Het filmscherm is geheel rond, ook van boven. Zelfs de deur die dichtgaat is onderdeel van het filmscherm.

'Niet bang zijn,' zegt Benji tegen Antonio.

Het licht dimt en ze krijgen een sterrenstelsel te zien. Het is zo'n zelfde sterrenstelsel als Antonio op zijn computerscherm heeft gezien. Niet veel later komt de planeet Piron tevoorschijn en het zoomt in. Zonder tekst, dat wel. Antonio weet in ieder geval dat het om de planeet Piron gaat. Ingezoomd toont Piron zijn prachtige dingen. In vogelvlucht ziet Antonio, als hij in de rondte draait, alle gebieden en alle flora en fauna die Piron rijk is. Hij vindt het schitterend, hoewel het in een duize-lingwekkende vaart gaat. Hij ziet nog de twee zonnen van Piron, voordat de planeet langzaam uitgezoomd wordt en een geheel wordt met het sterrenstelsel.

'De voorstelling is over,' zegt Benji. 'Als je dit al mooi vond, wacht dan op de volgende.'

Ze gaan weer een nieuwe zaal in. Het is ook een ronde zaal, echter veel groter. Er is een prachtig bos. Er groeien op passiebloemen gelijkende gewassen. De bloemen zijn veel groter. Ze bewonderen de zijdezachte bladeren van de koenjoeplant. Ze kijken naar de bomen, waarvan sommige lange lianen hebben. Het zijn allemaal robotplanten. Ze lijken echt. Dan betrekt de lucht. Ze kijken naar boven en zien de lucht donkerder worden.

'Mij niet gezien,' zegt Posito en hij vlucht naar de uitgang, gevolgd door Drofi, terwijl de eerste regendruppels vallen.

Even later begint het te stortregenen. Benji en Antonio zijn blij dat hun pakken regenbestendig zijn. Niet veel later komen de eerste bliksemstralen en volgt er gedonder.

'Dit is eng, joh,' zegt Antonio, die onder een boom gaat schuilen.

'Weet je wat pas eng is? Als dit echt is. Het is hartstikke nep,' zegt Benji

Ze wachten tot de regenbui over is, de regen zakt netjes in de grond. Vervolgens zien ze een stralende regenboog aan de lucht.

'Dat is mooi, dus dat kennen jullie ook?' vraagt Antonio.

'Ja, natuurlijk. We hebben toch regen en zonneschijn,' zegt Benji. 'Alleen zien we meer kleuren dan de mens.'

Een tijd later vervaagt de regenboog en verschijnt er een oranje gekleurde lucht, met rode kronkels en twee ondergaande zonnen. Zonsondergang! Gevolgd door avondlucht, een nachtelijk gebeuren met duizenden sterren en een grote maan, het ochtendgloren en de volle zon.

'Met die zon hebben we onze pakken niet nodig,' zegt Antonio.

'Nou, laat dat pak maar aan, want de voorstelling is afgelopen,' zegt Benji.

Het wordt donker en de jongens lopen naar de volgende ruimte. Hiervoor moeten ze zich omkleden. De pakken die ze aan moeten trekken zijn zachter dan hun kleding. Ze moeten ook een bepaalde lichaamslengte hebben. Die hebben ze. Ze moeten ook een nepwapen meenemen. Dan gaan ze door het poortje en het spel kan beginnen. De ronde ruimte wordt donkerder en er komen contouren van figuren om hen heen. Antonio schrikt zich een hoedje als de contouren sterker worden en laat zijn wapen vallen. Het zijn Gigons, gewapend met straalwapens.

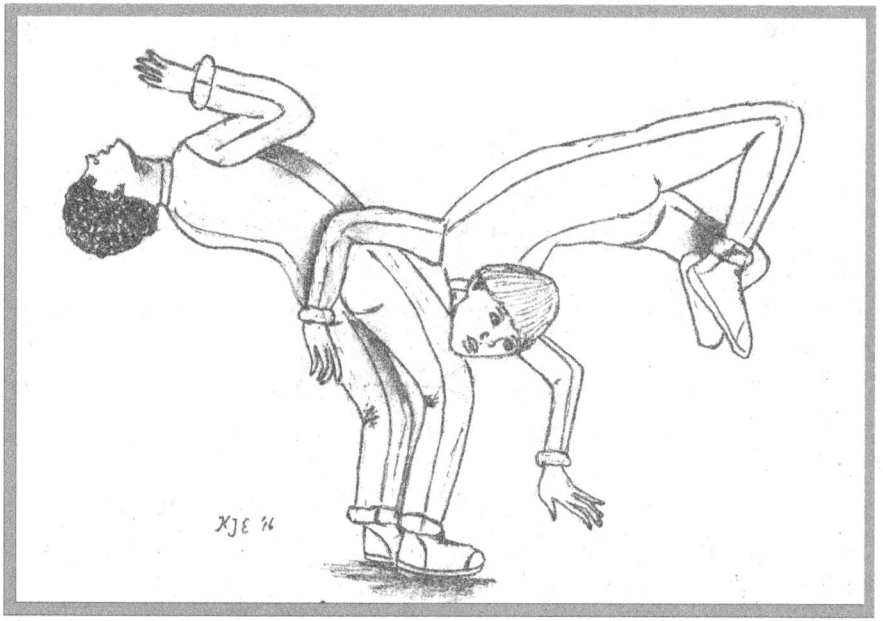

'Het zijn hologrammen,' zegt Benji.
De Gigons beginnen te schieten en eentje raakt Antonio. Die voelt iets tegen zijn pak aan.
'Het zijn kleine stroomstootjes,' zegt Benji. Antonio raapt snel zijn wapen op en het gevecht gaat beginnen.
Antonio wordt telkens geraakt en valt op gegeven moment op de zachte grond. Benji is leniger en weet het meeste te ontwijken. Als hij een Gigon doodschiet, komen er weer twee

voor terug. Na een kwartier is de strijd voorbij. Ze hebben verloren.

'Logisch als je op twee Gigons schiet en en komen er weer vier voor terug,' zegt Antonio, terwijl hij zich aan het omkleden is. 'Zo kunnen wij niet winnen.'

'Als je snel genoeg schiet wel,' zegt Benji.

'Het lijkt wel of die Gigons het spel zelf bedacht hebben. Die Gigons zullen wel blij zijn, dat ze in het spel als onoverwinnelijk overkomen,' zegt Antonio.

'Ik heb het spel gespeeld toen ik hier met vakantie was,' zegt Benji. 'Ik heb een paar keer gewonnen.'

Ze komen weer in een nieuwe, ronde ruimte, met veel zwevende tafels en stoelen.

'Na al deze inspanningen is het voor de Efins heel leuk om spelletjes te spelen,' zegt Benji. 'Die kunnen wel uren duren!'

Hij loopt naar één van de tafels toe. Er zweeft een groot, driehoekig spelbord. Er liggen kristalachtige stenen in allerlei vormen en maten. Benji pakt een aantal blauwe stenen in vierkante vorm en plaatst ze zwevend boven het bord in een rond patroon. Dan geven ze licht en in de efinse taal komen er enkele woorden uit.

'Dat betekent voeg een rode ronde toe,' zegt Benji.

Hij pakt weer een kristal, dit keer een rode ronde, en plaatst die in het midden van het ronde patroon. De blauwe kristallen geven meer licht en beginnen nu rondom de rode kristal te draaien en zeggen iets.

'Vijftig punten,' zegt Benji. 'Doe wat je denkt dat het beste is.'

Benji pakt twee gele kristallen, die driehoekig zijn en plaatst ze aan de buitenkant van de blauwe cirkel en ineens dondert de rode kristal naar beneden en verliest het licht. Er wordt weer iets gezegd.

'Minus twintig punten,' zegt Benji. 'Dit is een foute opstelling.'

'Wat een vreemd spel is dat,' zegt Antonio.

'Het is een heel ingewikkeld spel. Er zijn verschillende

borden. De opstellingen van de kristallen zijn talrijk. Iedere opstelling heeft zijn eigen betekenis. Die gele kristallen doen het wel, als er in het midden een groene, staafvormig kristal zweeft. Dus je moet goed leren onthouden, welke opstellingen goed zijn. Als er drie goede opstellingen zijn, dan gaan de kristallen bepaalde opdrachten of boodschappen spreken. Het licht van de kristallen bepalen het aantal punten. Efins zijn er uren mee bezig. Je moet het wel met meerderen spelen,' zegt Benji.

Ze lopen door de ruimte en zien tafels met vierkante, ronde, ovale, rechthoekige en zelfs zeshoekige speelborden.

'De gevorderde Efins hebben thuis nog ingewikkelder speelborden,' zegt Benji. 'Wij hadden thuis een stervormig speelbord.'

Ze lopen terug naar de ingang, die ook de uitgang is en zien daar Posito en Drofi slapen. Ze besluiten ook te gaan slapen, hoewel het nog erg vroeg is. Het is Benji die de volgende dag als eerste wakker wordt. Hij maakt de anderen wakker. Ze eten een kuipje viseram als ontbijt en drinken daar een flesje water bij. Drofi zit zielig te kijken. Voor hem is er geen eten.

'Sorry, Drofi,' zegt Posito, 'jij moet wachten tot we weer bij het bos zijn.'

Ze gaan met de spertels op stap. In een van de straten zien ze een man liggen. Posito stapt van zijn spertel, met zijn straalwapen in de aanslag en nadert voorzichtig te man. Hij is dood. In zijn handen heeft hij een symbool, gebroken en gescheurd. Het symbool van de Gigons.

'Al is dit het laatste wat de man heeft gedaan, het is net alsof hij wilde zeggen: in mijn dorp geen Gigons," zegt Posito.

Ze rijden weer verder.

'Moeten we hem niet begraven?' vraagt Antonio.

'Begraven?' zegt Benji. 'Daar doen Efins niet aan. Wij geven onze doden een laatste rustplaats in een luchtdichte, ovale cabine en zetten deze neer op bestemde plaatsen. Dat is het werk van speciale teams en die zijn er nu niet.'

'O,' zegt Antonio verwonderd.

Er is steeds meer op deze planeet wat zijn verbazing wekt. Opeens horen ze geschreeuw in de verte. Ze draaien zich gelijktijdig om en zien een groepje van ongeveer dertig Efins, vermagerd en met versleten kleding aan. Posito trekt zijn wapen en wacht tot de groep bij hen is.

'Wij zijn gevlucht uit het kamp Turban,' zegt de voorste man van de groep. 'Veel van ons zijn weer gepakt door de Gigons. Sommigen van ons wonen in andere dorpen.'

'Ze hebben spertels, die gaan snel,' zegt één van de vluchtelingen.

Voordat Posito het goed en wel beseft beginnen enkele vluchtelingen zijn spertel te belagen.

Hij trapt van zich af en roept tegen de anderen: 'Wegwezen! Nu!'

De anderen gaan er in galop op hun spertels vandoor. Posito trapt de laatste vluchteling weg en volgt hen. Onderweg gooit hij kuipjes viseram en flesjes water uit zijn zakken. Hij ziet dat de vluchtelingen zich daarop storten. Ze komen niet achter hem aan, zo verzwakt zijn ze. Als ze in wat rustiger vaarwater, ver weg van het dorp, zijn gekomen, zegt hij: 'Toch jammer dat ik ze niet heb kunnen uitleggen dat ze zich tegen de Gigons moeten beschermen.'

'Daar komen ze dan vanzelf wel achter,' zegt Benji.

'Ze worden er in ieder geval niet door overvallen,' zegt Posito. 'Niet zoals vorige keer.'

'Kijk,' zegt Antonio. 'Dat lijkt op het wapen van Sulsar.'

Hij wijst naar twee vogels, die dansend tegenover elkaar staan met hun wijd gespreide vleugels.

'Dat zijn Irdanse dansvogels,' zegt Benji. 'Die zijn met hun paringsdans bezig.'

'Het is zomer,' zegt Antonio. 'Paren horen veel dieren in de lente te doen.'

'Nou en,' zegt Benji. 'Bij ons zijn veel dieren die zich niets aantrekken van de seizoenen. Als ze zin hebben om te paren,

doen ze dan!'
'O,' zegt Antonio.
De planeet herbergt steeds meer verbazingwekkende
verrassingen voor hem.

De Salsi-Jar

Ze rijden door de prachtige bossen van Irdans. De op passiebloemen lijkende gewassen zijn echt. Ze heten hier drigonbloemen, ze zijn zeer groot en ze staan op een steel. Antonio krijgt de neiging er een te plukken. Posito vindt dat niet goed en maakt een afkeurend gebaar, in de vorm van zijn hand met gespreide vingers naar beneden. Antonio heeft intussen heel wat efinse gebaren leren kennen. Ze zien ook de struiken met de zachte bladeren, Koenjoe. Posito leert hen hoe ze die moeten eten. Ook de spertels en Drofi eten ervan. Ze smaken naar zoete sla. Het middelste gedeelte smaakt bitter, dus dat moeten ze verwijderen en dan is het heerlijk. Ze zien bomen met lianen en bomen zonder lianen. Ze komen de wilde bijbloemen tegen en Antonio komt erachter dat ze zo niet worden genoemd, omdat er wilde bijen op zitten, maar omdat ze bij andere bloemen staan en wild zijn. Hoewel de wilde bijbloem onkruid is, is zijn bloem mooier dan de andere bloemen. Antonio begrijpt dat Benji's moeder hiervan genoot. Benji herkent de omgeving waar zijn moeder is ontvoerd en wil zo snel mogelijk weg, net als Posito hier zijn rustpauze wil houden.
'Ik wil hier weg,' zegt Benji.
'Ik wil hier juist rusten. Dit is een mooie plek,' zegt Posito.
'Mijn moeder is hier ontvoerd door de Gigons!' zegt Benji. 'Ik heb er nare herinneringen aan.'
Zuchtend staat Posito op en ze rijden een eind verder.
'Alsof hier geen Gigons kunnen komen,' zegt hij.
'Gigons houden toch niet van het bos,' zegt Benji.
'We zijn ze toch tegengekomen in een bos,' zegt Posito. 'Ze waren ook in het bos toen ze je moeder ontvoerden. Ze zitten gewoon overal.'
'Als we ze maar niet in de Salsi-Jar aantreffen,' zegt Benji.
Antonio leert een paar woordjes efins spreken. Hij vindt het

een ingewikkelde taal, vooral omdat het zangerig wordt uitgesproken. Zijn woorden klinken vlak en dat wekt al een hele tijd verwondering op bij Posito.

'Wat praat hij toch raar,' zegt Posito tegen Benji.

'Ja, mensen praten vlak,' zegt Benji. 'Ik zal niet tegen hem zeggen dat jij vindt dat hij raar praat.'

Posito moet hierom lachen. Benji gooit de kop van Trot omhoog om foto's te maken. Als deze terugkomt, weet Posito te vertellen dat het nog drie dagen duurt voordat ze bij de Salsi-Jar zijn. Het Irdanse bos heeft genoeg fraaie gewassen en voedsel te bieden. Het grote voordeel is dat er geen insecten te zien zijn. Het bos staat in groei en bloei en blijft dat, ook als het winter is. Antonio denkt aan zijn thuisplaneet en vraagt zich af of ze op Aarde ook insectloos kunnen leven. Hij komt tot de conclusie dat het niet mogelijk is en zegt: 'Het is onzin dat jullie geen insecten hebben hier. Wie ruimt anders het afval in het bos op. Ze zijn waarschijnlijk zo klein, dat jullie ze niet zien.'

'Nou, ik heb geleerd dat het noorden geen insecten kent,' zegt Benji. 'Als ze zo klein zouden zijn, dan hebben we er ieder geval geen last van. Dat is wel eens anders op Aarde, met z'n spinnen, z'n wespen en z'n muggen. In het begin was ik er erg bang voor.'

'Ja, dat weet ik me te herinneren,' zegt Antonio. 'Telkens stond je te gillen als je weer zo'n beest zag en zat ik je te plagen met een spin die ik gevangen had.'

Posito heeft gelijk, na drie dagen bereiken ze de Salsi-Jar, daar waar Benji heeft gewoond. Benji wil meteen naar zijn ouderlijk huis, of wat ervan over is. Het ligt iets buiten de Salsi-Jar. Eenmaal daar aangekomen, schieten de tranen in zijn ogen. Er is niets van het huis over, alleen het platform met de bunker, waar Fark IV zich in bevond, staat er nog. Benji ziet weer helemaal voor zich, hoe het huis werd vernietigd en hoe hij met het ruimtescheepje vluchtte.

'Kom, we gaan weer terug naar het dorp,' zegt Posito.

'Nee, nog even wachten,' huilt Benji en hij wijst: 'Daar was mijn slaapkamer. Een hele leuke slaapkamer met een zwevend bed en vol met hologrammen. Daar was de woonkamer met de keuken. We hadden een bank, waar je lekker in weg kon zakken en overal hingen muurbloemen aan de muur. Aansluitend was daar de keuken. Ik herinner me nog de lekkere maaltijden die mijn vader voor me klaarmaakte. Daar was de slaapkamer van mijn ouders. Ze sliepen op een rond, zwevend bed.'

Benji droogt zijn tranen, kijkt nog een keer naar de puinhoop, die eens zijn ouderlijk huis was en gaat mismoedig mee. Het dorp is net als de andere dorpen uitgestorven. Bewoners zijn gevlucht, meegenomen door de Gigons of overgenomen. Er prijkt een Gigonsymbool op het plein midden in het dorp. Benji stapt van zijn spertel en trapt het gehate symbool tegen de grond. Dan ziet hij de school, waar hij op heeft gezeten. Hij loopt ernaar toe en tuurt door de ramen. Alles staat er nog precies zo bij als in zijn herinnering. De zwevende stoelen en tafels. Er zijn alleen geen kinderen en er is geen leerkracht. Hij denkt aan de vele vrienden die hij op Piron heeft. Geen van allen is aanwezig.

Antonio is naast hem komen staan en zegt: 'Is dat nu de school waar je op hebt gezeten?'

'Ja, dat is wel iets anders dan een aardse school, niet?' zegt Benji. 'Toen ik voor het eerst op deze school kwam, mocht ik voorop lopen en de Efins die achter me kwamen juichten mij toe.'

'Ja, dat gaat er op Aarde wel anders aan toe,' zegt Antonio.

'Dan de pironese jeugdspelen,' zegt Benji. 'Die waren fantastisch. Om de zeven lutsjas werden die gehouden. We mochten aan twintig onderdelen deelnemen. We konden zwemmen en wappen en...'

'Wat is wappen?' onderbrak Antonio hem.

'Wappen is hard achteruit lopen,' zegt Benji. 'en grevelbingen, dat is een soort kegelspel, met drie ballen, en de kegels zien er ook anders uit. Bovangen, dat is een soort steltlopen, met stelten die aan de onderkant grote voeten hebben. Selsingen, dat is een soort rolschaatsen met twee wielen. Leppelen, dat is te vergelijken met een step, een zwevende step. Ik kan me nog herinneren dat ik al die dingen leuk vond om te doen.'

'Dan kan ik me voorstellen, dat je dat mist op de Aarde,' zegt Antonio. 'Kun je je geen dingen herinneren die hetzelfde zijn als op Aarde?'

'Ja, nou,' zegt Benji. 'Het aardse zaklopen wellicht, bij ons bekend als triffelen. Mogelijk touwtje springen, bij ons bekend als gorkelen, met een soort kettingen. Dat is voor mij te moeilijk. Kinderen van hogere klassen deden dat wel.'

'Zijn de heren uitgekletst?' vraagt Posito, die naast hen is komen staan.

'We hadden het net over de pironese jeugdspelen,' zegt Benji.

'Daar heb ik goede herinneringen aan. Nu wil ik naar de speeltuin, die wat verderop ligt.'

'Naar de speeltuin, jongen?' vraagt Posito. 'We moeten niet teveel opvallen.'

'Opvallen? Voor wie? Het is hier helemaal uitgestorven,' zegt Benji. 'Ik wil Antonio een pironese speeltuin laten zien en nu we hier toch zijn.'

'Al goed,' mompelt Posito.

Hij moet er aan wennen dat hij met twee kinderen op stap is. Met de spertels aan de hand lopen ze naar de speeltuin, die helemaal intact lijkt te zijn. Posito gaat op een boomstam zitten en laat de kinderen spelen. Tot hun verbazing wil Drofi ook in de speeltuin spelen. Hij gaat meteen naar de glijbaan toe, waar hij op loopt. Voor het eerst lacht hij.

'Daar moet je van glijden,' zegt Antonio.

Echter, dan ziet hij dat de glijbaan geen trap heeft, maar een aflopend plateau, waar men niet op kan. Men kan er wel af springen. Drofi doet dat.

'Dat is een oploopbaan,' zegt Benji.

'O,' zegt Antonio, 'daar zie ik een wip.'

'Een wip?' vraagt Benji. 'Kom maar op!'

De stoeltjes zijn op gelijke hoogte. Ze gaan op de wip zitten. Tot Antonio's verbijstering wipt het ding niet.

'Je moet op het midden van je vasthoudstang drukken,' zegt Benji. 'Aan de linkerkant!'

Dat doet Antonio en Benji doet het ook. Ineens gaat het ding draaien en draaien en draaien.

'Nu aan de rechterkant!' zegt Benji.

Dat doet Antonio ook en ze draaien de andere kant op. Helemaal duizelig komt hij eruit.

'Als de een nu links drukt en de andere rechts, wat gebeurt er dan?' vraagt hij.

'Domme vraag. Dan blijft hij stil staan,' zegt Benji.

'Daar, dat zijn schommels,' zegt Antonio.

'Dat zijn geen gewone schommels,' zegt Benji. 'Laten we ze proberen.'

Het zijn schommels aan stalen kabels. Er is ook een beugel in het midden bij de schommel.

Antonio doet deze vast en zet zich af, maar Benji zegt: 'Je hoeft je niet af te zetten, aan de zijkant zit een hendel waarmee je bepaald hoe hoog je gaat.'

Antonio grijpt naar de hendel en warempel, het ding gaat schommelen. Benji grijpt ook naar de hendel en gaat schommelen. Steeds hoger en hoger. Antonio wil net vragen waar de beugel voor dient, als hij ziet dat Benji over de kop gaat. Dat wil hij niet en hij drukt de hendel omlaag. Gelukkig, hij gaat lager. Benji gaat een aantal malen over de kop en heeft plezier voor tien.

'Poeh,' zegt Antonio, als Benji ook lager is. 'Dat is me een schommel.'

'Toch leuker dan bij jullie op Aarde,' zegt Benji.

'Dat hebben wij ook,' zegt Antonio. 'In het groot, in attractieparken.'

'Dat is waar,' zegt Benji. 'Wat ze daar allemaal hebben, dat

kennen we niet. Laten we naar de jupper, oftewel de onverwacht gaan.'
'De onverwacht?' vraagt Antonio nieuwsgierig.

Al snel komt hij erachter wat dat is. De onverwacht is een houten schijf op een paal. Antonio moet erop gaan zitten. Benji trekt aan de hendel en de paal gaat omhoog. Steeds verder omhoog. Ineens duwt Benji de hendel naar rechts. De houten schijf zwenkt ook naar rechts en Antonio valt in het zachte zand, wat de bodem van de speeltuin bedekt.
'Ha ha,' lacht Benji. 'Dat is nu het onverwachte ervan. Je moet dit spel met z'n tweetjes spelen en je moet je goed vasthouden, anders val je als de schijf onderwacht naar rechts

of links zwenkt.'

'Flauw hoor,' zegt Antonio, terwijl hij uit het zand krabbelt.

Drofi is er naast komen staan en geeft aan ook te willen. Benji laat de paal zakken en zet Drofi op de schijf. Hij laat de schijf aan de linkerkant zwenken, maar Drofi houdt zich goed vast. Benji realiseert zich dat Drofi eerder met een speeltuin in aanraking is gekomen. Hij hoort Posito, die een eindje vandaan zit, luid zuchten en besluit het laatste onderdeel van de speeltuin te nemen. Drofi kijkt teleurgesteld, want het wilde de onverwacht wel vaker spelen. Toch loopt hij mee. Het is een diepe, grote kuil, vol met klimrekken. Om naar beneden te komen, moet je glijden. Dan doen ze en ze klimmen in de rekken. Als Benji bovenaan een rek komt, ziet hij Posito zitten. Hij is echter niet alleen. Hij wordt onder schot gehouden door een Gigon. Hij duikt snel terug in de kuil en vertelt Antonio wat er aan de hand is. Drofi gaat gewoon verder met klimmen. Hij schrikt ook als hij het tafereel ziet.

'Stil eens,' zegt Benji. 'Ik probeer te verstaan wat ze zeggen.' Hij spitst zijn oren.

'Waarom zeg je niks?' hoort hij Posito vragen.

'Je bent hier alleen,' zegt de Gigon. 'Waar zijn de anderen?'

'Die zijn er niet,' zegt Posito.

'Ik wil geen kwaad doen,' zegt de Gigon.

'Ik ga er naartoe,' zegt Benji. 'Met een wapen. Daartegen kan de Gigon niets uitrichten.'

'Benji,' zegt Antonio.

Benji is al naar boven geklommen. Hij heeft een groen, metalen vierkant uit de tas van Fajel gehaald. Daarmee stapt hij op de Gigon af. De Gigon laat gelijk zijn wapen vallen.

'Doe me geen kwaad,' zegt de Gigon.

Het valt Benji op dat de Gigon een nogal hoge stem heeft.

'Ik wil geen kwaad doen,' zegt de Gigon nogmaals. 'Ik wil jullie helpen.'

'Rare manier dan, om mijn vriend onder schot de houden,'

113

zegt Benji.

Posito heeft intussen zijn straalwapen gepakt en de robot ingesteld om de Gigon onder schot te houden.

'Zijn jullie te vertrouwen?' vraagt de Gigon.

'Wij wel, wij zijn Efins,' zegt Benji.

Hij wenkt naar de anderen in de kuil. Deze komen voorzichtig te voorschijn.

'Efins hebben een hekel aan Gigons,' zei de Gigon. 'Ik heet Avi. Ik ben een vrouwelijke Gigon. Dat kun je aan de buitenkant niet zien. Onder de vechters zul je alleen mannen aantreffen.'

Antonio is erbij komen staan. Hij verstaat er niks van. Benji vraagt hem om even geduld te hebben.

Avi vertelt verder: 'Vroeger waren de vrouwelijke en de mannelijke Gigons nog redelijk gelijk. Tegenwoordig worden de vrouwen opgesloten in grotten, waar we eieren moeten leggen en erop broeden. Ze sorteren de manneneieren uit, die groter zijn dan de vrouweneieren, waarvan ze de meeste verwoesten. We leggen dertig eieren per keer. Vroeger was dat één per keer en wij konden als moeder gewoon met ons kind omgaan. Vroeger broeden zowel man als vrouw, nu moeten we het alleen doen. De eieren die we nu leggen, zijn veel kleiner. We moeten er langer op blijven broeden, dat doen de vrouwen dan omstebeurt.'

'Wat moeten wij daaraan doen?' vraagt Posito.

'Ik ben ontsnapt uit de grot. Hoewel ik een Gigon ben wil ik dat dit stopt. Ik heb gehoord dat er krachten komen uit het zuiden, efinkrachten, die te hulp schieten. Ik kan jullie ook vertellen waar het hoofdkwartier van de Gigons is. Ik kan ook de lijsten geven van de grotten waar de eieren liggen.'

'Waarom zou je dat allemaal verraden?' vraagt Posito, die flink achterdochtig is. 'Daarmee vernietig je jezelf ook!'

'Er zijn nog wat vrouwen ontsnapt. Wat hebben wij aan ons leven, zoals het nu is? Hebben wij een keuze? Nee, dat hebben we niet. Onze mannen willen niet luisteren. Dus wij doen, wat wij moeten doen en dat is jullie helpen. In de hoop dat jullie de Gigons verslaan.'

Benji vertaalt snel aan Antonio wat Avi heeft gezegd. Antonio's ogen worden groot. Hoe kan een Gigon nou aan hun kant staan?

'Goed, geef ons eerst maar de lijsten met de grotten,' zegt Posito.

Avi frummelt in haar zakken en geeft hem een paar velletjes papier. Posito leest de lijsten en knikt tevreden. De meeste gebieden kent hij.

'Nu het hoofdkwartier van de Gigons,' zegt hij. 'Waar is dat?'

'Dan zal ik met jullie mee moeten gaan,' zegt Avi. 'Het is niet te vinden voor buitenstaanders en gaat via een moeilijk begaanbare weg.'

'Ja, ja, je gaat met ons mee en zal ons verraden,' zegt Posito, 'of je wil langer blijven leven.'

'Nee, nee. Ik wil jullie niet verraden. Als je me wilt doden, doe het dan,' zegt Avi.

'Geef haar een kans,' zegt Benji.

Posito kijkt Benji aan. Hij denkt na, langdurig na.

'Goed, ik zal dit een kans geven, al denk ik niet dat we dit avontuur overleven. Zij gaat op mijn spertel en ik neem de vigol weer. Ik ga altijd vooruit, denk daarom!' zegt hij.

Ze doen wat Posito zegt. Posito gaat voorop met de vigol. Avi en Drofi lopen met de spertels naast elkaar, gevolgd door Benji en Antonio.

'We moeten linksaf, naar het oostelijk noorden, daar is het hoofdkwartier van de Gigons. Als het goed is, zijn er troepen Efins van het zuiden onderweg. Ik weet niet zeker of ze precies de locatie weten,' zegt Avi.

Het hoofdkwartier van de Gigons

Zo langzamerhand zien ze het karakter van het bos veranderen. De bloemen blijven mooi. Ze zijn echter anders. Aan boomstammen hangen parapluvormige bloemen met lange stampers, die heerlijk geuren. Dat is de rodrin, een regenboogkleurige bloem met een wit hart. 's Nachts is het kouder dan -één graden. Avi voelt hier zich heerlijk bij. Antonio zet de warmte-elementen in zijn pak aan. Regelmatig gooit Benji de kop van Trot in de lucht om te kijken waar ze zijn en of ze niet toevallig Gigons tegenkomen. Het blijft echter rustig.

Al een aantal dagen lopen ze zo, de nachten uitrustend in het koude bos, dat als een lang slingerend lint langs dorpen loopt. Ze zien ook zo nu en dan een zwevende fiodel in de lucht. Op gegeven moment moeten ze van Avi weer linksaf en dat betekent dat hun weg door een rimboe gaat. De bloemen verminderen, de rimboe is helemaal dicht gegroeid en het is mistig. Ze banen zich een weg met het straalwapen van Pruk. Ze nemen nachtelijke rustpauzes en blijven omstebeurt wakker.

Het is ochtend en Antonio is het eerst wakker. Ineens schrikt hij van gekraak tussen de bladeren. Het volgende moment staat er een enorme spin voor hem.
'Benji,' zegt hij met hese stem en hij schudt zijn kameraad wakker.
'Wat is er,' mompelt Benji.
'Een grote spin,' zegt Antonio. 'Vlak voor me.'
'Nou en, gewoon doodslaan en doorslapen,' zegt Benji, totdat hij zich realiseert dat insecten ongewoon zijn in het noorden van Piron en hij goed wakker wordt.
Nu ziet hij het ook. Antonio zit verstijft van schrik.
'Dat kan niet anders dan een grap zijn,' zegt Benji. 'Op Piron

kennen wij geen spinnen en zeker niet van die grote.'

De spin is zeker drie meter groot en blijft snuifend staan. Benji maakt Posito wakker en die op zijn beurt wekt Drofi uit zijn slaap. Avi is al wakker. Allemaal staren ze naar de spin. Opeens maakt de spin rechtsomkeert.

'Het is een beest,' zegt Avi, 'van de Gigons, bedoeld om te spioneren. Hij gaat nu de Gigons waarschuwen.'

'Dat moet niet gebeuren. Opschieten,' zegt Posito en hij gooit het wapen terug naar Avi.

Op de vigol en hun spertels gaan ze achter de spin aan. Posito realiseert zich dat robots niet neer te halen zijn met een straalwapen. Ineens zakt de spin ineen. De spin kruipt over de grond, met ingezakte poten en Posito haalt hem snel in.

'Wat is dat voor beest?' vraagt Posito.

'Een robotbeest,' zegt Avi, die snel bij hem is. 'Kijk maar!'

Een van de poten is dermate beschadigd, dat er draden en metaal zichtbaar zijn.

'Een reusachtige spin,' zegt Benji. 'Een aards beest. Kennelijk hebben de Gigons op Aarde veel inspiratie opgedaan of mijn vader heeft deze ontworpen. Wat is er gebeurt?'

'Ik weet het niet, hij zakte ineen. Wellicht heeft hij zijn poot beschadigd aan de gewassen. Het is in ieder geval een griezelig beest,' zegt Posito. 'In ieder geval kan deze de Gigons niet waarschuwen, We moeten echter voorzichtig zijn.'

De riem van Benji's rugzak gaat kapot. Dat is vervelend, omdat hij de rugzak over één schouder kan dragen. Drofi ziet dat en begint de likken aan beide uiteinden van de kapotte riem.

'Dat zal echt niet helpen,' zegt Benji.

Drofi likt stug door en zet dan de twee helften aan elkaar, houdt dit een tijdje beet en dan, warempel, de riem zit vast. Benji trekt eraan. Het zit echter stevig aan elkaar vast.

'Dat kende ik nog niet van jou, Drofi,' zegt Benji. 'Spuug als een stevige superlijm. Weet je wat? We houden je.'

117

Drofi verstaat er niets van en zijn gezicht verraadt geen sporen van emotie. De enige keer dat ze hem hebben zien lachen is in de speeltuin.

Een flink aantal dagen later komen ze aan bij een groot meer. In het midden van dit meer ligt een groen eiland, met hoge bomen.

'Zie hier het hoofdkwartier van de Gigons,' zegt Avi. 'Achter de bomen gaan rotsen schuil. Een perfecte schuilplaats.'

Benji is er stil van.

'Hoe komen we daar?' vraagt Benji.

'Zwemmend,' zegt Avi, 'onder de grote bladeren van de waterbloemen die in het water drijven, anders worden jullie ontdekt.'

'Zwemmend?' vraagt Antonio. 'Dat redt ik niet.'

Benji zegt tegen Posito dat Antonio dit stuk niet kan zwemmen.

'Pruk kan ook niet zwemmen,' zegt Posito. 'Zijn materiaal kan er niet tegen.'

'Drofi? Kan die wel zwemmen?' vraagt Benji en hij maakt zwembewegingen, althans de efinse zwembewegingen, naar Drofi.

Drofi maakt geen gebaar of hij het wel begrepen heeft.

'Ik kan ook niet zwemmen,' zegt Avi. 'Gigons kunnen niet zwemmen.'

'Hoe komen ze dan van dat eiland af?' vraagt Benji.

'Met sips,' zegt Avi.

'Met sips?' vraagt Benji. 'Dat zijn toestellen die bedoeld zijn voor de efinse agenten.'

Op dat moment realiseert hij zich de mogelijke rol van zijn vader weer en zwijgt. Ze hebben in elk geval een probleem. Of Antonio, Avi en Pruk blijven aan de kant, of ze gaan op een andere manier mee.

'We kunnen vlotjes bouwen voor Antonio, Avi en Pruk en de grootste bladeren over de vlotjes leggen. We trekken de vlotjes voort,' zegt Posito.

'Een ding. Als de sips overkomen, kunnen ze zien wat er onder de bladeren zit. In dat geval zijn jullie gesnapt. Ik ga niet meer met jullie,' zegt Avi. 'Ik heb mijn taak gedaan.'

'Kom nou, je moet ons nog verder begeleiden,' zegt Posito. 'Je bent zeker bang dat je gesnapt wordt.'

'Jullie hebben de lijst met grotten en jullie staan voor het hoofdkwartier. Wat kan ik nog meer doen dan dat?' vraagt Avi en ze loopt weg met de woorden: 'Jullie kunnen me doodschieten als jullie willen.'

Dat willen ze geen allen en ze laten Avi gaan. Misschien is het een val, misschien niet. Langzaam zien ze haar uit het gezicht verdwijnen. Ze maken twee vlotten van hout en lianen, een kleine voor Pruk en een grotere voor Antonio. Antonio mag Benji's rugzak, Fajels tas en al het materiaal uit de zakken van Posito en Drofi bij zich houden. Een blad is groot genoeg om Pruk te bedekken, maar Antonio heeft twee bladeren nodig. Dan gaan ze te water. Ze kijken of Drofi ook kan zwemmen en dat kan hij. Benji en Posito zwemmen als dolfijnen, zoals ze gewend zijn, terwijl ze vlotjes voorttrekken. Drofi kan ook zwemmen. Echter, meer op z'n hondjes. Hij gaat dan ook een stuk langzamer. Ze zijn halverwege als ze opeens, glurend vanonder hun blad een vijftal sips uit het midden van de rotsformatie zien komen.

'Ojee,' zegt Benji.

Ze houden zich stil. De sips komen naar hen toe vliegen, met een razendsnelle vaart. Ze wijken dan af naar links, om vervolgens uit de buurt van de rotsen te vliegen. Op hetzelfde moment verschijnen er weer vijf nieuwe sips, die in formatie naar hen toevliegen en dan naar rechts afwijken. Benji slaakt een zucht van opluchting. Kennelijk hebben de sips iets anders te doen. Ze zwemmen verder, nu sneller dan ooit en eindelijk bereiken ze het eiland. Er is een klein plekje waar ze aan land kunnen gaan. Ze kijken rond.

'Het zou me niets verbazen als er boobytraps bij de ingangen zitten,' zegt Benji.

'Avi zei hier niets over,' zegt Posito.

'Dat wil niet zeggen dat ze er niet zitten,' zegt Benji.

Benji drukt voor alle zekerheid Lalp uit, omdat het gepiep Gigons zou alarmeren. Na een tijd rond gelopen te hebben ontdekken ze een deur. Ze duwen die met het grootste gemak op.

'Wat nou boobytraps,' zegt Posito en hij gaat naar binnen. Drofi volgt hem meteen. Benji en Antonio volgen hem aarzelend.

Ze lopen verder door een lange hal.

'Zo komen we er wel,' zegt Posito.

Dan sluit de deur achter hen en het wordt aardedonker. Angstig draait Benji in het rond. Hij kan nog wat zien, al is het niet veel. Hij pakt een metalen vierkant uit de tas van Fajel. Het is het één na laatste wapen wat hij pakt en hij weet niet wat het doet. Hij weet niet eens wat er nu gaat gebeuren. Het kan van alles zijn. Het blijft een tijd onheilspellend stil. Opeens horen ze een schuivend geluid. Benji kijkt weer rond en ineens beseft hij wat dat schuivend geluid betekent. De wanden komen naar hen toe, om hen te pletten. Ze beginnen te rennen. Ook het plafond komt naar beneden. Ze halen nooit de volgende deur, als er al een deur is. Benji moet het wapen gebruiken, ook al aarzelt hij. Wat zou dit wapen doen, waar moest hij op richten. Het gevaar komt van alle kanten. Hoe kon hij de schuivende wanden en het zakkende plafond stoppen? Het mechanisme ervan zit achter de wanden en in het plafond. Het richt naar de linkerwand en houdt zijn ogen gesloten en drukt dan op de knop. Een langzame, brede straal floept uit het apparaat en raakt de wand. Langzaam zien ze een deel de wand verpulveren. De wand beweegt echter nog steeds. Benji richt de straal op de rechterwand, waar hetzelfde gebeurt. Deze wand stopt met bewegen. Tenslotte richt hij de straal op het plafond, maar deze gaat door. Hij richt de straal weer op de linkerwand en weet kennelijk het mechanisme te raken, want de wand komt niet meer in beweging. Intussen loopt Posito gebukt tussen de twee wanden vanwege het lage plafond en heeft een loopruimte van een meter breed. Benji richt de straal weer op het plafond en dan houdt de straal op te bestaan. Het plafond zakt nog, maar kennelijk is er iets geraakt, want het gaat langzamer. Ze rennen nog sneller door, totdat Posito op zijn hurken moet en Benji en Antonio gebukt. Dan zien ze een deur.

'Hopelijk gaat de deur niet naar binnen open,' zegt Posito en hij trapt hem open.

Ternauwernood kunnen ze ontsnappen aan het onheil. Ze komen in een kleine ruimte. Wat staat ze hier te wachten. Het is iets minder donker dan de ruimte waar ze vandaan kwamen. Dat komt door kleine lichtjes aan beide wanden.

'Zo, dat wapen kwam goed te pas,' zegt Benji tegen Posito.

'We hebben geluk gehad dat dit wapen dwars door de wanden heen ging,' zegt Posito, 'en dat bovendien de straal lang bleef doorgaan. Met vuur had je het niet gered.'

Benji negeert Posito's opmerking en zegt: 'De Gigons zouden moeten merken dat het systeem om te pletten gebruikt is. Mogelijk komen ze een kijkje nemen. In ieder geval, daar is een deur.'

Ze gaat door de deur, die ook open is. Iets verder van hen af staan allemaal ruimteschepen. Er worden ladingen met kleine onderdelen heen en weer gereden door Gigons en andere Gigons zijn aan het werk met de ruimteschepen aan de linkerkant. Nu begrijpt Benji ook door wie die kleine onderdelen werden gemaakt.. Door de gevangenen in het kamp. Hij begrijpt ook wat er met de sellicans is gebeurd. Die worden verwerkt in de ruimteschepen, allerlei kleuren zitten door elkaar en hier en daar ontdekt Benji onderdelen van de sellicans. Er zijn ook die vierhoekige, zwevende apparaten met de lange, flexibele armen en daaraan doorzichtige capsules met Gigons erin. Die schijnen toezicht te houden. Zo nu en dan komt er eentje vlakbij een Gigon die aan een

121

ruimteschip staat te werken en wordt er vanuit de capsule een gebaar gemaakt. Voorzichtig weten ze zich aan de rechterkant langs de ruimteschepen te bewegen. Er komen rennende Gigons aan, die meteen naar de pletruimte gaan. Ze zullen daar in ieder geval geen geplette Efins aantreffen. Ze lopen voorzichtig verder, zonder door de Gigons opgemerkt te worden. Ze gaan een andere ruimte in. Opeens horen ze een harde knal en nog één.

'Wat is dit?' vraagt Posito.

Ze verbergen zich achter een paar kisten, die er staan en zien Gigons in rep en roer langs hen rennen,

'Het lijkt wel of het hoofdkwartier aangevallen wordt,' fluistert Benji.

Ze horen weer een harde knal. Voorzichtig lopen ze verder en verbergen zich telkens achter kasten of kisten, om de Gigons te vermijden. Ze rennen verder en volgen de Gigons die heen en weer rennen met wapens. Er volgt weer een knal.

'We worden aangevallen. Verenig jullie,' roept een stem.

Antonio, die helemaal vooraan achter een kast zit verborgen, is ontdekt door een Gigon. Deze heeft ook de anderen gezien, maar concentreert zich op Antonio. Dan valt de Gigon neer. Antonio keert zich om en grijpt Benji bij de keel. Posito wil schieten, maar bedenkt zich. Hij zet het straalwapen op zeer zwak en schiet. Antonio zakt in elkaar.

'Wat doe je?' roept Benji.

Op hetzelfde moment worden ze ontdekt door nog een paar Gigons. Posito zet zijn straalwapen snel op sterk en schiet een Gigon van zeer dichtbij dood. Pruk schiet ook. Minder snel en minder raak. Toch weten ze deze aanval af te weren. De Gigon die Antonio heeft overgenomen, wordt ook wakker. Hij heeft geen schijn van kans. Posito schiet hem overhoop. Benji trekt Antonio overeind. Die is helemaal slap. Posito heeft nog een handig scanapparaatje bij zich en hij scant Antonio.

'Hij is bewusteloos,' zegt Posito. 'Hoelang hij dat blijft, weet

ik niet. Ik zal hem over mijn schouder nemen.'
Met de zware last over zijn schouders loopt hij door.
Ondertussen gaan de zware knallen nog door.

'Geef mij je laatste wapen, Benji,' zegt Posito.

Benji aarzelt even. Dan geeft hij het wapen aan Posito. Ze komen in een kleine ruimte, dat geen doorgangsruimte is en sluiten de deur zorgvuldig af. Daar legt Posito Antonio neer.

'Toe, kom nou bij,' zegt Benji.

Hij probeert het met water uit een flesje, dat hij over Antonio uitgiet.

'Dat zal niet veel helpen,' zegt Posito.

Ze horen een harde knal, vlakbij. Gruis komt naar beneden en ze weten dat ze hier ook niet veilig zijn. Net wil Posito Antonio weer oppakken, of de jongen laat een gekuch horen.

'Hij komt weer bij,' zegt Benji. 'Het helpt wel!'

Hij geeft Antonio een paar slokken water.

'Gaat het, Antonio,' zegt Benji. 'We moeten vluchten. Het hoofdkwartier wordt gebombardeerd.'

Antonio knikt en staat op. Hij wankelt nog wel op zijn benen. Hij kan echter zelfstandig lopen. Ze openen de deur en ontdekken dat er zware rotsblokken voor de deur liggen. Voorzichtig weten ze erover heen te kruipen.

'Waar moeten we heen?' vraagt Benji.

Ineens zien ze een aantal Gigons in de verte lopen. Ze komen hun richting op. Drofi gaat zitten en likt als een bezetene over de vloer, althans een deel ervan. De Gigons naderen hen met getrokken wapens.

'Jullie zijn het die bommen hebben geplaatst,' zegt een Gigon. Dan blijft hij staan, vastgeplakt. De rest van de Gigons volgt. Ze zijn vastgeplakt en het is een koud kunstje voor Posito om ze één voor één uit te schakelen. Ze kunnen er net langs, op dat gedeelte waar Drofi geen lijm heeft gespuugd. Ze proberen verder te rennen. Antonio kan dit nog niet zo goed. Ineens ziet Benji Aurek.

'Aurek!' roept Benji.

De blonde man ziet hen staan en vlucht. Nu rennen Benji, Posito en Drofi achter hem aan. Pruk de robot volgt en Antonio blijft achter. Weer een knal, dit keer dichtbij genoeg om een gang in te laten storten. Niet de gang waar Aurek door vlucht. Posito wil zijn wapen gebruiken, Daarvoor is Aurek echter te snel en te behendig.

'Nee,' zegt Benji, 'zet hem op verdoven.'

Er volgt weer een knal, zo dichtbij dat ze een lichtflits zien. Op dat moment beseffen ze dat ze van bovenaf worden gebombardeerd. Een gat bovenin de rots is zichtbaar. Aurek bedenkt zich geen moment en klimt naar het gat, snel gevolgd door de anderen. Posito is zo opgewonden, dat hij Pruk vergeet mee te nemen. Even later staan ze op de rots. Aurek vlucht niet meer. Hij heeft zich omgedraaid.

Bekentenissen

Hij heeft zijn straalwapen op de groep gericht, terwijl ook Posito zijn straalwapen in de aanslag richt, wel met de straal op verdoven afgesteld.

'Het maakt mij niet uit of jullie me doden,' zegt Aurek. 'Ik heb zo weer een ander gevonden die ik kan overnemen.'

Dit is voor Benji het bewijs dat zijn vader is overgenomen. Aurek richt het straalwapen op Posito. Posito wil schieten. Alleen het wapen werkt niet meer. Hij heeft alleen nog de platte cirkel met alle kleuren van de regenboog. Hij heeft geen keus, hij moet de cirkel gebruiken en doet dat ook. Een ontzettend fel licht volgt. Het verblindt iedereen. Als het licht weg is, ligt Aurek op de grond.

'Papa,' zegt Benji en hij rent naar hem toe.

Nu zien ze ook sips en een ander soort vliegende schotels boven zich, die elkaar bestoken. Er komen ook beschietingen vanuit de schotels op de rots. Benji is intussen bij zijn vader.

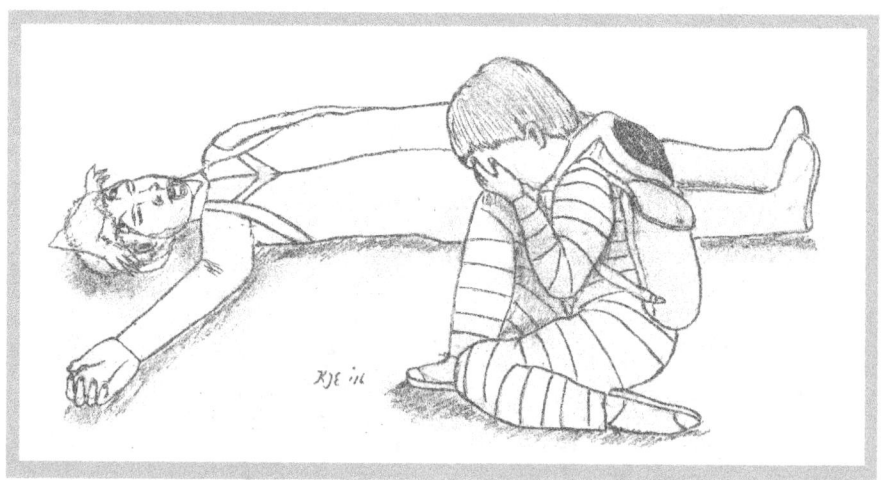

'Hij was een Efin,' zegt Benji, terwijl de tranen achter zijn ogen branden.

Hij huilt naast zijn vader en kijkt even op. Tot zijn verbazing

126

ziet hij het gezicht zijn vader dubbel, als zijn vader en als Gigon. Het duurt maar even, maar het is onmiskenbaar aanwezig. Posito komt naar Benji toelopen en slaat zijn arm om hen heen.

'Het spijt mij, ik moest wel,' zegt hij.

Voor alle zekerheid scant hij het lichaam.

'Hij leeft nog,' zegt Posito. 'Ik weet niet in hoeverre hij gewond is.'

Benji is blij verrast. Zijn vader leeft nog, er is hoop. Op dat moment komt Antonio, flink vuil van het stof, met Pruk naar boven. Hij heeft Fajel bij zich.

'Fajel,' zegt Benji verrast.

'Ga eens weg, Benji,' zegt ze. 'Dan kan ik je vader uit zijn lijden helpen.'

'Nee,' zegt Benji en bedekt met zijn lichaam zijn vader. Hij ontdekt dat zijn vader zwaar en moeilijk ademt.

'Hij is een verrader,' zegt Fajel.

'Nee, dat is hij niet. Hij is overgenomen,' zegt Benji.

'Toe, Benji,' zegt Fajel. 'Ik weet het zeker.'

'Nee, je weet het niet zeker. Hij, of beter de Gigon, zei het tegen ons,' zegt Benji. 'Nietwaar, Posito?'

'Het is zoals Benji zegt,' zegt Posito.

Op dat moment komen handlangers van Fajel naar boven en zeggen dat ze de leider van de Gigons, Nosca, gedood hebben. Fajel aarzelt even en stopt dan het straalwapen in haar broekzak.

'We moeten met hem naar een veilige plaats,' zegt Posito, die rondkijkt.

'Dat vind ik geen goed idee,' zegt Fajel. 'Als hij bijkomt, kan hij weer vervelend worden.'

'Dan binden we hem vast,' zegt Posito.

Een bom slaat vlak bij hen in.

'Naar beneden,' zegt Fajel. 'Dan naar de zuidkant. Dat is relatief veilig. Daar zijn ook troepen van ons gestationeerd.'

Met vereende krachten helpen ze Aurek van de rots af. Posito en Benji dragen hem vervolgens naar de zuidkant, waar ze een aantal Efins uit het Zuiden zien. Daar binden ze Aurek vast.

'Hebben ze je gevonden in het ruimteschip, Fajel?' vraagt Benji.

'Nee, ik ben bij gekomen en ik heb mezelf bevrijdt,' zegt Fajel. 'Ik heb gelukkig de deuren kunnen openen voordat we crashten. Toen ontdekte ik dat jullie er vandoor waren met mijn wapens. Ondanks dat ik me ernstig zorgen maakte over jullie, heb ik vooral gezocht naar mijn bondgenoten. We waren er klaar voor en hebben vervolgens gezocht naar het hoofdkwartier van de Gigons en het gevonden. Ik kon me namelijk ook goed herinneren hoe het hoofdkwartier eruit zag, ondanks dat jullie het grote teken van de Hunclis ook hebben meegenomen. We vallen het nu aan, van bovenaf. Waarschijnlijk hebben wapens van de Gigons ook voor de crash met mijn ruimteschip gezorgd. Ik ben blij dat ik jullie levend aantref. Nu wil ik mijn wapens terug.'

'Dat gaat moeilijk, Fajel,' zegt Benji. 'Ze zijn op!'

'Wat?' zegt Fajel verbijsterd. 'Dus jullie hebben ze allemaal gebruikt.'

'Met succes,' zegt Benji en hij wil vertellen over de avonturen die hij heeft beleefd. Daar heeft Fajel echter geen tijd voor.

'Ik moet nu terug,' zegt Fajel. 'We hebben nog niet alle Gigons uitgeschakeld. De Efins hier bewaken jullie wel.'

Ze nemen afscheid van Fajel en buigen zich over Aurek. Aurek ziet bleek en beweegt niet.

'Wat als hij bijkomt en het is nog steeds een Gigon,' zegt Antonio.

'Dan wachten we net zo lang tot alle Gigons gedood zijn,' zegt Benji.

Zwijgzaam eten en drinken ze wat. De bombardementen zijn gestopt. Posito en Antonio proberen wat te slapen. Benji en Drofi blijven wakker. Het wordt avond en ze horen een licht gekreun van Aurek. Benji is er als de kippen bij. Hij legt zijn hand op de arm van zijn vader. Aurek kreunt nogmaals en opent dan zijn ogen. Hij sluit ze ogenblikkelijk weer als hij Benji ziet.

'Papa, zeg dan wat,' zegt Benji.

Dat duurt nog een half uur, nadat Aurek veelvuldig heeft gekreund en zijn ogen open en dicht heeft gedaan.

'Waar ben ik?' kreunt hij.

Zijn ademhaling gaat zwaar.

'Aan de zuidzijde van de rotsen van het hoofdkwartier van de Gigons,' zegt Benji.

'Wat?' zegt Aurek.

Aurek vertrok zijn gezicht. Hij dacht na. Hij leek zich niets te herinneren.

'Het laatste dat ik me kan herinneren,' zegt hij uiteindelijk, 'inderdaad bij de Gigons. Niet in een hoofdkwartier.'

'Zie je wel dat hij overgenomen was,' denkt Benji.

Antonio wordt wakker en ziet dat Benji over zijn vader gebogen is.

'Ik maak hem los,' zegt Benji.

'Zou je dat nu wel doen?' vraagt Antonio. 'Straks valt hij ons aan.'

'Nee, dat doet hij niet,' zegt Benji. 'Hij staat niet meer onder invloed van een Gigon.'

Benji haalt de touwen los van zijn vaders armen en benen. Aurek kan zijn armen en benen moeilijk bewegen, maar dat komt niet door de touwen. Het ziet er zorgelijk uit. Zijn ademhaling gaat nog steeds zwaar. Hij valt ook weer in slaap.

'Zie je wel dat hij ons niet aanvalt. Ik ben zo bang dat mijn vader nooit weer de oude wordt,' zegt Benji. 'Was Fajel maar hier, die heeft een scanapparaat dat beter is.'

'Ik wil Fajel wel even gaan zoeken,' zegt Antonio.

'Ben je gek geworden?' vraagt Benji. 'Fajel is bezig om Gigons uit te schakelen. Nee, we moeten afwachten.'

Benji blijft de hele nacht over zijn vader waken, en pas tegen de ochtend valt hij tegen zijn vader aan in slaap.

De volgende dag voelt hij dat hij een beetje weggeduwd wordt. Hij wordt wakker en ziet zijn vader moeilijk kijken.

'Ga eens weg, Benji,' zegt Aurek zachtjes. 'Je ligt op mijn arm.'

Benji is meteen klaar wakker en gaat met zijn hoofd van zijn vaders arm af. Op de manier waarop Aurek Benji zegt, weet Benji zeker dat zijn vader vrij is van de Gigon. Zijn vader is minder bleek. Hij kan nog steeds zijn armen en benen moeizaam bewegen en zijn ademhaling is nog steeds zwaar.

'Ik ben gevangen genomen door de Gigons en ze probeerden mij over te nemen,' zegt Aurek langzaam. 'Dat lukte niet. Op gegeven moment kwam Nosca en die lukte het wel. Al die tijd is mijn lichaam en geest bezet geweest door Nosca.'

'Tot ze Nosca hebben gedood,' zegt Benji.

'Ik heb voor ze gewerkt,' zegt Aurek met een verdrietig gezicht. 'Ruimteschepen ontworpen om de Aarde aan te vallen, want dat wilden ze.'

'Die ruimteschepen hebben we waarschijnlijk gezien in deze grotten,' zegt Benji.

'Ik heb ze geholpen hoe ze meer Efins konden overnemen,' zegt Aurek. 'Ze zijn sterker geworden door mij.'

Inmiddels is Posito ook wakker geworden.

Hij luistert aandachtig en vraagt: 'Dat grote ding dan, dat we aantroffen toen we hier naar toegingen.'

Benji legt zijn vader uit dat Posito de spin bedoelt.

'Dat is ook een ontwerp van mij,' zegt Aurek. 'Geavanceerde robottechnologie.'

'Wezens zoals die we aantroffen in de rimboe en Drofi, ik heb nooit geweten dat die op Piron rondlopen,' zegt Benji.

Benji beschrijft de wezens die Antonio en hem in een kookpot stopten.

'Die wezens zijn gemuteerde krankels, insecten uit het zuiden. Ze zijn door andere overgenomen Efins naar het noorden getransporteerd, daar groter gemaakt, gezorgd dat ze rechtop konden lopen en voorzien van een zekere mate van intelligentie. Zijn jullie door hen in een kookpot gestopt?'

Benji bevestigt de vraag.

'Ik kan me herinneren dat de krankels een lesprogramma kregen, waarin er filmpjes van de Aarde werden getoond. Ze waren namelijk van plan om de krankels mee te nemen bij de invasie op de Aarde. Dat plan kreeg geen steun, omdat de krankels niet zo agressief werden als zij wilden. Sommige krankels zijn op een of andere manier ontsnapt. Op één van de filmpjes zag ik inderdaad kannibalen met een kookpot. Dat hebben de krankels overgenomen. Ze zijn dol op efinvlees en ze dachten natuurlijk dat Antonio ook een Efin was,' zegt Aurek.

'Ik ken krankels uit het Zuiden,' zegt Posito. 'Normaal gesproken kleine insecten.'

'Drofi is een boswezen,' zegt Aurek. 'Sjuls heten ze. Die komen hier van nature in beperkte mate voor. Daar kwamen we pas onlangs achter. Overgenomen Efins zijn gaan jagen op de Sjuls. Ze konden echter niet overgenomen worden, dus de opgepakte Sjuls zijn gedood of verdwenen in de werkkampen.'

'Dus misschien is Drofi wel zijn hele familie kwijt,' zegt Benji.

'Dat zou best kunnen. Ze leven in kleine groepen bij elkaar,' zegt Aurek droevig.

'Het tentbeest,' zegt Benji en hij beschrijft het beest, dat zich in een soort tent kan veranderen.

'Dat is een een vrij zeldzaam dier, die van oorsprong uit het zuiden komt,' zegt Aurek. 'Ze heten kudafs en zijn normaal erg schuw. Kennelijk hebben de krankels in hun gemuteerde vorm ze uit het zuiden gehaald en ze getemd.'

'Goh, paps, jij weet ook veel,' zegt Benji.

Op dat moment komt Fajel weer terug. Ze kijkt naar Aurek en zegt dat ze de Gigons verslagen hebben.

'Er zijn nog aan aantal Gigons die we gevangen hebben genomen,' zegt ze.

131

'Hoeveel Gigons zijn dat en hoeveel Efins letten erop?' vraagt Benji.

'Ongeveer twintig Gigons en ongeveer dertig Efins,' zegt Fajel. 'Waarom vraag je dat?'

'Omdat de Gigons anders de Efins kunnen overnemen,' zegt Benji en hij vertelt aan Fajel hoe sterk de Gigons zijn geworden.

'Daar zullen we dan op gaan letten. Er zijn troepen van ons, veel Efins uit het zuiden, die het noorden uitkammen,' zegt Fajel. 'Nu we het hoofdkwartier in handen hebben, is het gedaan met de Gigons.'

'Mijn vader is ook overgenomen, door Nosca,' zegt Benji. 'Hij is nu vrij.'

'Werkelijk?' vraagt Fajel. 'Jullie hebben zijn touwen losgemaakt!'

'Omdat hij niet gevaarlijk is,' zegt Benji.

Fajel gaat voorzichtig naar hem toe en scant zijn lichaam, omdat Aurek nog steeds last heeft van zijn armen en benen, hoewel hij wel kan zitten.

'In het laatste wapen zat een spierlammingsmiddel. Het hangt van de afstand af of het middel dodelijk is of niet. Aurek heeft er nog steeds last van. Het zal langzaam beter gaan,' zegt ze. 'Hoe zit het, Aurek? Waarom wilde jij je eigen zoon doden op Aarde?'

'Ik was overgenomen!' zegt Aurek. 'Ik was me ervan bewust. Mijn eigen wil en gevoel waren echter weg. Er waren twee doelen, het weetschijfje en het doden van de leden van de Hunclis. Met twee Gigons, Nosca en nog een andere, zijn we, ik en een andere Efin, die jullie kennen als Van Lippenstein, naar Aarde gegaan. De twee Gigons bleven in slaap, maar voortdurend in onze nabijheid, in koude capsules. Van Lippenstein woonde in Weesdijk. Ik woonde ook in Weesdijk. Ergens anders, wel vlak in de buurt van Van Lippenstein. Wat heb ik mijn zoon, Antonio en de Guldenaars aangedaan?'

'Je kon er niets aan doen, vader,' zegt Benji.

'Als je aan Benji het weetschijfje gewoon had gevraagd, had je het gekregen,' zegt Fajel.

'Gigons interesseren zich niet in familiebanden. Het kostte grote moeite om bij de Guldenaars op bezoek te gaan, als Aurek,' zegt Aurek. 'Ze kunnen hun kwaadaardigheid niet goed verbergen, niet voor Efins in ieder geval. Benji had het door.'

'Het is niet zo gek, je maakte een gebaar dat ik mijn bek moest houden,' zegt Benji en hij doet het gebaar na.

'Dat bedoel ik met ze kunnen hun kwaadaardigheid niet goed verbergen,' zegt Aurek glimlachend. 'Niemand van de Efins zou zo onfatsoenlijk zijn. De Gigons echter wel.'

'Wie heeft de leden van de Hunclis vermoord?' vraagt Fajel.

'Dat hebben wij gedaan,' zegt Aurek. 'Of beter gezegd, de Gigons. Ik heb een apparaat ontwikkeld dat op afstand de remmen van de auto van Tabli Kelperboer kon uitschakelen. Aan Tigron, jullie beter bekend als Van Lippenstein, was het om het apparaat te gebruiken. Wij, de Gigons zijn haar gewoon gevolgd met de auto. Tigron is ook verantwoordelijk voor de dood van de anderen. Ik, de Gigons, gingen wel altijd mee en verder waren we bezig Benji op te sporen, Fajel en het weetschijfje.'

'Hoe kwam je in het warenhuis terecht?' vraagt Benji.

'De Gigons kwamen erachter dat jullie uit Grootendorst verhuisd waren naar jullie nieuwe woonplaats. Ik heb jullie geobserveerd, ook al omdat ik hoopte, of beter de Gigon Nosca in mij, dat Fajel bij jullie was. In dat warenhuis was Nosca om wat kleding te kopen, totdat hij jullie toevallig tegen het lijf liep,' zegt Aurek.

'De komst naar Uitje-Bol was niet toevallig,' zegt Benji.

'Nee,' zegt Aurek. 'Zoals gezegd waren de Gigons eerst op Fajel gefocusd, want zij was de laatste van de leden van de Hunclis en ook omdat de Gigons dachten dat ze het weetschijfje had. Toen bedachten de Gigons dat jij ook in het bezit van het weetschijfje kon zijn. Ze moesten het voorzichtig aanpakken. De Gigons, in onze gedaante, zijn jullie gevolgd naar Uitje-Bol. Daar in de buurt, dus niet in het park zelf, hebben ze een slaapplaats gevonden. Die clown was Nosca, in mijn gedaante. Daar kwamen de Gigons erachter dat jij wel degelijk het weetschijfje moest hebben. Ze kregen het niet te pakken. Ook in het weiland kregen de Gigons het niet te pakken. Het was trouwens Tigron die in de koeienpoep is gevallen. Daarna is Nosca, in mijn gedaante, naar jullie toegegaan om het los te slijmen, maar jij, Benji, was terecht wantrouwend.'

'Ik twijfelde, eerlijk gezegd,' zegt Benji. 'Totdat je zei, de Gigon zei, dat je je niets kon herinneren van de robots. Ik begrijp het niet. Nosca wist toch alles van je.'

'Dat niet, Benji,' zegt Aurek. 'Wel veel, maar niet alles. Dat ik je die robotjes gaf was nog voor de tijd, dat zij mij overnamen. Het was iets kleins, een geheimpje tussen ons tweetjes. Dat wist Nosca niet.'

'Hoe deden jullie dat dan met de capsules waarin de Gigons zich bevonden?' vraagt Fajel.

'Dat ging mee met de auto,' zegt Aurek. 'Benji en Antonio hebben het gezien. In de vorm van een zwarte boot met twee drijvers op het dak van de auto. Niet van echt te onderscheiden. Alleen zaten er twee Gigons in de drijvers. Die auto was altijd in onze nabijheid.'

'We hebben Van Lippenstein, eh, Tigron een keer op de fiets gezien en de brommer,' zegt Benji.

'Hij ging nooit ver weg, nooit buiten het bereik van de invloed van de Gigons,' zegt Aurek.

'Dat hondje dan?' vraagt Benji.

'Tigron heeft in de struiken zitten luisteren en hoorde Antonio zeggen dat hij graag een hondje wilde,' zegt Aurek. 'Wij hadden toevallig wat prototypes van geavanceerde robots bij ons, om uit te proberen, waaronder een hond en een kat. Dat kwam de Gigons goed uit. Het werkte om te ontdekken waar jullie ongeveer de weetschijf hadden.'

'Mama, waar is mama?' vraagt Benji.

Aurek kijkt droevig.

'Ik heb je moeder niet gevonden,' zegt hij. 'Ik weet niet waar ze is of wat de Gigons met haar gedaan hebben.'

Benji kijkt verdrietig en zwijgt.

Ook Fajel geeft het verhaal zwijgend aangehoord en zegt dan: 'Oke, ik geloof dat je vader overgenomen was door Nosca. Ik kon me alleen niet voorstellen dat hij zich liet overnemen. Ik heb de kracht van vooral Nosca onderschat. Mijn excuses, Aurek, dat ik je niet eerder wilde geloven.'

'Ahum,' zegt Antonio ineens, 'het zou fijn zijn, als ik ook weet wat er aan de hand is.'

Ze hadden het gesprek in de efinse taal gevoerd en helemaal niet op Antonio gelet.

'Okee,' zegt Benji, 'ik zal het je vertellen.'

Daarna vertelt Benji, in de aardse taal, zijn avonturen op Piron aan Fajel en zijn vader. Hij geeft Fajel de tas met wapens terug.

'Behalve het laatste wapen, dat heeft Posito weggegooid bovenop de rots,' zegt hij.

Fajel pakt één voor één de niet werkende wapens uit de tas.

'Niet elk wapen is even dodelijk, maar het geeft je wel kans om je te verdedigen,' zegt ze. 'Deze blauwe ronde schijf waarin een pupil lijkt te zitten, is niet voor Efins, Gigons of mensen dodelijk. Door de trillende straling komen er schroeven los. Handig als je apparatuur wilt vernietigen. Het metalen staafje ter grootte van een pen, laat linten uit, die zich ergens omheen slingeren. De platte, gouden driehoek geeft een mist die je adem beneemt. Dodelijk als je er te lang in blijft. De gouden ring geeft een niet zo'n sterke ontploffing. Nu dan de dodelijke wapens, de zilverkleurig schijf in de vorm van een halve maan, geeft steekvlammen. Het onderwerp van de aanval staat in vuur en vlam. Hetzelfde geldt voor de platte, rode ovaal met een zwarte stip in het midden. Die heeft echter een breder bereik. Het ronde stuk geslepen glas met de mooie kleurtjes, werpt een scherm op, waarachter zich dodelijk gas bevindt. Het groene metalen vierkant, heeft sterke eigenschappen, waardoor het gaten in rotsen kan branden. Tenslotte het wapen wat Aurek verwondde en wat nog op de rotsen ligt, een platte cirkel met prachtige kleuren. Het werpt ook, dit keer een lichtscherm op. Het gif veroorzaakt spierverlamming of verslapping, al naar gelang de afstand. Aurek heeft geluk gehad, hij had wel dood kunnen zijn. Laten we nu nog even gaan rusten.'

Benji gaat naast zijn vader liggen.

'Erg lekker liggen we hier niet,' zegt Benji.

'Och, ik ben wel wat gewend,' zegt Aurek. 'Wist je dat overgenomen Efins bijna niet slapen. Ik ben blij dat ik nu wel kan slapen.'

'Okee, slaap ze dan, papa!' zegt Benji.

'Slaap wel, mijn jongen,' zegt Aurek en hij geeft Benji een aai op zijn bol.

Naar Gukkel

De volgende ochtend laat Aurek aan Benji en Antonio kaartjes zien, die hij bij zich heeft, waarop prototypes van geavanceerde robots staan. Zoals een kat, een hond en een spin. Ook zijn er Efins en Gigons, zoals Nosca, bij.

'Zo, Nosca,' zegt Benji, 'wat een lelijkerd is dat toch!'
'Er staat nog een prototype van Nosca in de grot, voor zover het niet vernield is,' zegt Aurek. 'Nosca wilde in elke grote stad een robot van zichzelf. Die worden in werkkampen in het noordoosten gemaakt, vooral door de ouderen.'
'Mijn opa's en oma's,' zegt Benji.
'Dat zou best eens kunnen,' zegt Aurek, nadenkend.

De volgende ochtend voelt Aurek zich een stuk beter. Hij kan alweer wat lopen.
'Ik heb een idee,' zegt Aurek en hij vertelt Fajel over het

prototype van Nosca en de werkkampen in het noordoosten.

'Ik weet een manier om de ouderen daar te bevrijden,' zegt Aurek. 'Robot Nosca is niet te onderscheiden van de echte. Als hij nu zegt dat de strijd over is, dan is het over. De Gigons leggen hun wapens neer en laten de gevangenen vrij.'

'Zou het?' vraagt Fajel.

'Natuurlijk, Nosca is de hoofdman. Wat hij zegt, zal gebeuren,' zegt Aurek. 'We zijn geen muiterij bij de gehoorzame Gigons gewend. Ze verlaten de lichamen van de overgenomen Efins en het is over.'

'Dan is het goed. We gaan het prototype halen en hopen dat het nog heel is. Daarna gaan we naar het vaste land met één van de voertuigen,' zegt Fajel. 'Dan zorg ik dat er een ruimtevaartuig komt om Benji en Antonio terug te brengen naar Aarde.'

'Nee,' zegt Benji, 'ik wil erbij zijn als papa mijn oma's en opa's bevrijdt.'

'Dat is veel te gevaarlijk, Benji. Jullie moeten terug naar Aarde,' zegt Fajel.

'Nee!' zegt Benji koppig. 'Mogelijk wil Antonio terug, maar ik blijf. Ik wil mijn opa's en oma's zien.'

'We weten niet zeker of ze nog in leven zijn,' zegt Aurek aarzelend.

'Toch wil ik niet mee naar Aarde,' zegt Benji.

'Daar hebben we het later nog wel over,' zegt Fajel. 'Ik ga nu met Aurek het prototype halen. Als dat werkt in het kamp voor de ouderen, werkt het overal waar de Gigons zijn.'

Als ze eenmaal weg zijn, zegt Antonio tegen Benji. 'Ik wil wel terug naar Aarde, ik mis mijn papa en mama. Jij hebt je familie hier, dus ik kan begrijpen dat je hier wilt blijven.'

'Ik kom wel terug naar Aarde,' zegt Benji. 'Als ik mijn opa's en oma's en mijn mama heb teruggevonden. Mogelijk voor even, maar ik kom terug.'

'Misschien ga ik toch met je mee,' zegt Antonio. 'We hebben zoveel avonturen hier samen beleefd. Ja, ik denk dat ik toch met je mee ga om je opa's en oma's te bevrijden.'

'Nee, doe dat nou niet. Ga lekker terug naar huis. Paps en mams, ja, het zijn ook mijn paps en mams geworden, missen je zo. Jij kan ze vertellen dat het goed met me gaat.'

'Ik denk erover na,' zegt Antonio.

De jongens blijven zwijgend naast elkaar zitten, totdat Drofi en Posito hen gezelschap komen houden. Na een hele lange tijd komen Aurek en Fajel terug met spullen. Aurek heeft het prototype van de Gigon Nosca bij zich. Goh, wat is hij toch lelijk, nog lelijker dan zijn volk. Benji stak zijn tong naar hem uit. De robot zweeg.

'Hij werkt nu niet,' zegt Aurek. 'Ik moet nog wat aan hem knutselen. Wat is ook heb gevonden, is dit!'

Hij pakt een groot apparaat van Fajel af, wat er ontzettend ingewikkeld uitziet. Het is rond en het heeft allerlei schijven en knopjes.

'Dit is de tijdmachine waar ik mee bezig ben,' zegt Aurek. 'Die informatie stond op het weetschijfje. Ik heb het al tegen Fajel gezegd, maar het zou zonde zijn om jullie nu naar huis te sturen.'

'Huh,' zegt Benji verbaasd.

'Met die tijdmachine kan ik jullie, op Aarde, terug in de tijd brengen. Dan hebben Antonio's ouders jullie niet gemist en bovendien weten ze niets over Benji's afkomst.'

'Dan moet jij, de Gigon bedoel ik, wel het weetschijfje hebben,' zegt Benji.

'Dan kan ik jullie plaatsen op het moment waarop de Gigon, in de vorm van mij, langskomt.' zegt Aurek.

'Dan geef ik het weetschijfje en jij, eh, de Gigons verdwijnen. Samen met die Van Lippenstein,' zegt Benji. 'Dat zou fijn zijn. Niet ontvoerd, niet bijna verbrand, mijn pleegouders niet bedreigd, Antonio niet gewond en vooral geen bloed aftappen bij mij, want dat vond ik erg vervelend.'

'Dat is juist. Alleen jullie weten alles nog vanaf dat moment en daar moeten jullie over zwijgen,' zegt Aurek.

'Ik word dan nog bijna verdronken door Van Lippenstein,' zegt Antonio. 'Benji wordt gevangen genomen in Uitje-Bol en we moeten vluchten in het weiland.'

'Dat is achter de rug als jullie terug gezet worden,' zegt Aurek. 'Jullie hebben het overleefd.'

'Fajel dan. Die weet dan toch nog niets,' zegt Benji. 'Die kan jou alsnog doden, hier op Piron.'

'Nee, zo werkt dat niet,' zegt Aurek. 'Als jullie teruggaan dan komen jullie terecht in het aardse heden. Ik weet niet hoe het er dan uit ziet, hoe het met je ouders gaat. Dan stel ik de tijdmachine op jullie in en jullie worden wakker in het Aardse verleden, vlak voor het moment dat ik, eh, de Gigon, bij jullie langskomt. Als ik terugga naar Piron, kom ik in het pironese heden terecht, want ik ga niet mee met jullie.'

'Blijf je dan niet bij ons?' vraagt Benji. 'In het aardse heden.'

'Dat weet ik nog niet,' zegt Aurek. 'Ik wil je moeder zoeken.'

'Wanneer gaan we?' vraagt Antonio.

'Dat weet ik ook nog niet,' zegt Aurek. 'Ook aan de tijdmachine moet geknutseld worden. Er zijn succesvolle proeven gedaan met woezels.'

'Mooi, dan kunnen we toch mee om de opa's en oma's te bevrijden,' zegt Benji.

'Dat lijkt me geen goed idee,' zegt Fajel. 'Ik zou zeggen, Posito let zolang wel op jullie.'

'Wacht even,' zegt Posito. 'Dat ik met de jongens ben opgetrokken, wil niet zeggen dat ik kinderoppas wil blijven.'

'Dan zal ik enkele Efins vragen om op ze te passen. Wellicht kunnen ze naar de Salsi-Jar,' zegt Fajel.

'Nee, ik wil mee met papa!' zegt Benji.

'Wat moet je nou met zo'n zoon?' zucht Fajel.

'Benji, luister nou,' zegt Aurek, 'het is helemaal niet zeker of ze in de woorden van robot Nosca trappen en het is ook niet zeker of we je oma's en opa's daar aantreffen. We gaan naar Gukkel, waar een groot kamp voor ouderen is.'

'Toch wil ik mee,' zegt Benji eigenwijs.

'Ik wil ook wel mee,' zegt Posito.

'Goed dan, ga allemaal mee. Ik wil echter geen geklaag horen,' zegt Aurek. 'Voorlopig gaan we nu naar de overkant van het water, waar ik verder ga knutselen aan de robot.'

'Dat is goed,' zegt Benji blij. Hij is zo blij dat hij mee mag dat hij een vreugdedansje maakt.

Fajel waarschuwt de anderen om hen duidelijk te maken dat ze met Aurek meegaat naar Gukkel. Er zijn daar nog geen efinse troepen die hen kunnen neerhalen, omdat de sip een symbool van de Gigons heeft. Ze gaan met de sip naar de overkant van het meer. Ze zien meer sips en ook andere ruimtevaartuigen uit de rots vliegen. De Gigons zijn daar verslagen. Er ligt genoeg voedsel in de sip om het een tijd uit te houden. Aurek werkt overdag aan de robot, terwijl de jongens met Fajel, Posito en Drofi langs het water lopen. Ze kijken naar de twee ondergaande zonnen. Fajel probeert Benji en Antonio over te halen om niet mee te gaan naar Gukkel. De jongens willen echter niets liever. Op gegeven moment geeft ze het op.

Na twee dagen is Aurek klaar met de robot. Hij doet het en zegt precies wat Aurek wil. De robot gaat naast Aurek zitten, terwijl Fajel vliegt. De twee jongens zitten achterin. Benji is opgewonden. Zou hij zijn opa's en oma's weer zien?

Na een korte tijd komen ze al aan in Gukkel. De sip zweeft voor het kamp. Het zijn overgenomen Efins die het kamp bewaken. Ze kijken op, eerst wantrouwend, maar zodra ze merken dat het toestel van de Gigons is, lopen er een aantal naar toe. De sip daalt en landt.

'Jullie blijven hier,' zegt Aurek lachend. 'Fajel en ik gaan met robot Nosca naar buiten.'

Aurek heeft er duidelijk plezier in. Even later ziet Benji zijn vader en Fajel met de robot voor de Efins staan. De Efins maken een diepe buiging voor Nosca. Omdat de sip niet geluidsdicht is afgesloten, horen ze alles wat er gezegd wordt,

141

behalve Antonio, want die verstaat de efinse taal niet.

'Gegroet, broeders. Ik moet jullie helaas mededelen dat de oorlog met de Efins over is. De gevangenen kunnen worden vrij gelaten en daarna mogen jullie naar huis,' zegt robot Nosca.

De Efins kijken eerst verbijsterd naar robot Nosca en vervolgens naar elkaar. Vervolgens draaien ze zich om. Ze willen de hekken van de omheining openen.

'Zie je, ze zijn gehoorzaam,' fluistert Aurek.

Benji kijkt of hij zijn opa's en oma's ergens ziet. Al de gevangen Efins staan al aan de hekken en hij kan ze niet zien in de massa. Opeens zakt de robot in elkaar. Aurek schrikt zichtbaar en buigt zich voorover om de robot overeind te zetten. De Efins schrikken ook en keren weer terug.

'Onze grote meester Nosca, wat is er?' vraagt er één.

'Gegroet broeders,' zegt de robot Nosca

Aurek duwt wanhopig op de afstandsbediening die hij in zijn zak heeft, om de robot te laten zwijgen of om hem verder te laten praten.

'Gegroet broeders,' zegt de robot weer.

'Er is iets mis met onze meester,' zegt een Efin.

'Doen jullie wat Nosca heeft gezegd,' probeert Aurek zich eruit te praten. 'Wij ontfermen ons over hem.'

'Gegroet broeders,' zegt de robot.

'Het is een val. Het is niet echt Nosca. Het is een robot,' zegt één van de Efins.

De Efins kijken elkaar aan en trekken vervolgens hun straalwapen. Aurek laat de robot vallen en trekt ook zijn straalwapen, evenals Fajel.

'Rotzooi,' zegt Posito. Hij pakt zijn straalwapen en ziet nog meer wapens liggen.

'Hier, hier, hier,' zegt hij en hij gooit de wapens naar Benji, Antonio en Drofi. 'Jullie wilden zelf mee, dus zullen jullie ook moeten vechten.'

Benji, Antonio en Drofi weten eigenlijk niet hoe ze een

dergelijk wapen moeten bedienen. Toch volgen ze Posito. Fajel is geraakt in haar arm. Toch schiet ze door. Twintig Efins tegenover zeven anderen, Pruk schiet ook mee, is een flinke overmacht. Gelukkig zijn Fajel, Aurek en Posito goede schutters. Ze hebben geen tijd om hun apparaten op verdoven af te stellen en dat heeft helaas tot gevolg dat Efins het leven laten. Er zijn nog vier overgenomen Efins over, als er een groep Gigons aan komt rennen. Dit zijn de Gigons die de Efins hebben overgenomen en nu weer bij kennis zijn.

'Ook dat nog,' zegt Aurek.

Benji schiet, maar schiet mis. Antonio en Drofi hebben helemaal nog niet geschoten. Nu probeert Antonio het toch. Mis! Ineens wordt Pruk geraakt, midden in zijn borst. Hij stort neer. Benji kijkt er verschrikt naar. Hij wordt meteen tot de werkelijkheid geroepen, als er een straal vlak langs zijn hoofd gaat. Hij schiet weer en raakt een Gigon.

'Schieten, jongens,' zegt Aurek. 'De Gigons zijn nog zwak. Voortdurend blijven schieten.'

Benji doet wat zijn vader zegt en Antonio probeert ook zoveel mogelijk te schieten. Drofi kijkt aarzelend naar het wapen. Het is een wapen voor drie vingers, net als Drofi heeft. Uiteindelijk gaat hij schieten. De straalwapens geven geen terugslag en dat is alleen maar in het voordeel van de onervaren schutters. Eén voor één zakt een Gigon of een overgebleven Efin naar de grond. De laatste drie Gigons slaan op de vlucht.

'Laat hen,' zegt Aurek. 'We moeten de gevangenen bevrijden.'

Ze doen de hekken open en de gevangen stromen langzaam naar buiten, sommigen kunnen amper lopen.

'Dat hebben jullie goed gedaan,' zegt één van hen.

'Jullie moeten elkaar ondersteunen en teruggaan naar Gukkel,' zegt Aurek.

Benji zoekt wanhopig naar zijn opa's en oma's. Ineens ziet hij twee van zijn opa's en oma's, van vaders kant, strompelen. Ze zien er vermoeid en verzwakt uit.

'Opa! Oma!' roept Benji.

Ze kijken en vreugde komt in hun ogen.

'Benji!' zegt opa en hij loopt strompelend op zijn kleinzoon af.

Benji hoort Aurek tegen Posito roepen: 'Kom, de robots die ze hebben gemaakt vernietigen, met handen en hamers.'

'Benji,' zegt opa weer en hij omhelst zijn kleinkind. 'Wat brengt jou hier?'

'We zijn hier om jullie te bevrijden,' zegt Benji. 'Waar zijn mijn andere opa en oma?'

Zijn oma is hem intussen ook genaderd en zegt: 'Ze zijn hier ergens. Oma Morina kan nauwelijks meer lopen. De Gigons wilden haar eigenlijk al afmaken, dus ze probeerde zo goed als het kon, haar werk te doen. O, daar zijn ze.'

Oma Morina wordt ondersteund door haar man. Ze zien er vermagerd en moe uit. Benji ziet de stroom ouderen langzaam richting Gukkel, het ouderendorp, vertrekken. De beide oma's en opa's blijven bij Benji. Antonio en Drofi zijn erbij komen staan, terwijl Fajel haar arm verbindt. De oma's en opa's gaan zitten in het gras.

'Zo,' zegt Fajel, toen ze haar arm had verbonden. 'Welnu, je beide oma's en opa's leven nog, Benji. Ze zijn bevrijdt. Zo meteen brengen we ze naar hun woonplaats.'

'Mooi niet,' zegt Aurek, die plotseling is opgedoken.

'Hoezo niet?' vraagt Fajel. 'Daar horen ze toch thuis.'

Aurek gaat op zijn hurken zitten voor zijn ouders en omhelst hen beiden. Daarna doet hij hetzelfde met de ouders van zijn vrouw.

'Opa Dorak, oma Fatja, opa Silus en oma Morina gaan met ons mee, zolang de oorlog nog niet besloten is,' zegt Aurek. 'Het noorden, het noordoosten en het noordwesten moeten we nog uitkammen op aanwezigheid van Gigons.'

'Dat is waar,' zegt Fajel. 'Nou, er is nog plaats in de sip.'

'Waar is je vrouw?' vraagt oma Fatja.

'Die kan ik nog niet vinden,' zegt Aurek droevig. Hij kijkt

naar opa Silus en oma Morina, die heel verdrietig kijken.

'We gaan naar de sip en daar scan ik hun lichaam,' zegt Fajel.

Posito graait het robotje Pruk van de grond, terwijl Aurek de robot Nosco oppakt, Ze nemen hen mee in de sip. De oma's en opa's hebben last van ondervoeding en zware uitdroging. Fajel heeft speciaal voedsel bij zich, wat enigszins helpt. Ze mankeren echter alle vier zoveel, dat ze naar een zorgtoren op Piron moeten worden overgebracht. Daar worden ze goed geholpen, en krijgen ze allevier een verjongingskuur.

'Ik hoop dat de zorgtoren in Ivorkan weer functioneert,' zegt Fajel. 'Laten we daarna toe gaan.'

Zo ging de sip op weg naar Ivorkan. De keizerstad is weer gevuld met Efins, die hun leven weer proberen op te pakken. De vier oma's en opa's worden naar de zorgtoren gebracht, dat voor de helft weer werkt. Op Piron worden ziekenhuizen zorgtorens genoemd, omdat ze altijd in torens worden gebouwd. Ook dit is zo'n zorgtoren. Het is voor de onderste helft gevuld. Niet alle inwoners van Ivorkan zijn terug in de stad. Sellicans zijn er nog niet. De gehate Gigonsymbolen zijn weggehaald.

Aurek gaat in Ivorkan op zoek naar een groot huis, om daar voorlopig te blijven. Het moet geschikt zijn voor tien personen en een robot. Hij vindt er snel en met gemak eentje. Het voordeel is dat de Efins ook voor huizen niet hoeven te betalen. Alleen voor luxe goederen moet worden betaald, met doka's. Ze hebben het nog niet nodig gehad. De huizen zijn ook al ingericht. Verhuizen is een woord dat niet op Piron voorkomt. Meenemen wel. Dat betreft dan persoonlijke spullen. Zelfs serviesgoed, een pan en bestek is er. Het bestek ziet er anders uit dan op Aarde. Het bestaat eenvoudig uit een soort van vorken, die men in platte lepels schuift. Er is een scherp mes met aan de andere kant een lepel. Koken doen ze in een enkele, grote pan. In het midden zit een element, waarmee men het eten op bakken zonder vet, stoven, stomen en koken kan zetten. Het heeft een deksel met een gat in het midden voor het element. De pan heeft geen grepen, omdat de buitenwand koud blijft. Er zijn driehoekige borden, bekers en schalen. Dit eenvoudige keukengerei is ook simpel af te wassen. Efins gebruiken koud water en geen sop. Ze drogen ook niet af.

Fajel ploft op een kussen: 'Als je maar weet dat ik heel kort blijf, Aurek.'

'Dat weet ik. Ik weet ook niet hoe lang ik hier blijf. Ik kan hier rustig aan de tijdmachine werken. Als hij klaar is, dan ga ik met de jongens naar de Aarde, stel hem in en kom ik terug naar Piron. Dan ga ik mijn vrouw zoeken.'

'Dan moet de tijdmachine niet zo werken als Robot Nosca,' zegt Fajel.

'Ik weet niet wat er mis was met de robot. Met de robot stond er tijdsdruk achter,' verdedigt Aurek zich. 'Ik zal nog terloops aan de robot gaan werken. De tijdmachine gaat echter voor.'

De jongens zijn intussen naar hun kamer gegaan. Er staan twee zwevende bedden en er is een kast en dat is meteen een groot scherm. Eenvoudig en goed. Er is een kleine kamer bestemd voor Posito, Drofi en Pruk. Er zijn twee aparte minikamers waar Aurek en Fajel kunnen slapen en er is een grote kamer waar straks de opa's en de oma's in kunnen vertoeven. Verder is een woonkamer, een waskamer en een keuken. De tuin is om het huis heen. Een tuin is voor iedere Efin, die er gebruik van wil maken.

'Het is allemaal veel kleiner, dan ik thuis gewend ben,' zegt Antonio.

'Dat komt omdat wij, Efins, niet zoveel troep in huis hebben,' zegt Benji. 'Dat komt deels door onze technologie, maar ook omdat onze smaak anders is.'

'Hoe bedoel je?' vroeg Antonio.

'Nou, onze aardse moeder heeft talloze beelden in huis en in de tuin,' zegt Benji. 'Dat is ons te nep, wij willen echt!'

Benji drukt op een knop aan het voeteneind van zijn bed. Meteen verschijnt daar een hologram. Een dansende dame is het, compleet met de twee navels, die efinse dames zo kenmerken.

'Zie je wat ik bedoel,' zegt Benji. 'Als wij foto's van iemand aan de muur hangen, dan is het een filmpje, waarop iemand echt beweegt en praat.'

'Nou, zover zijn we nog niet,' zegt Antonio. 'Dat kan zo veranderen.'

'Ja, dat weet ik, jullie technologie-ontwikkeling gaat razendsnel,' zegt Benji. 'Laten we weer teruggaan naar de woonkamer.'

Die avond eten ze voor de eerste keer sinds tijden warm en ze zorgen er natuurlijk voor dat Drofi zijn bladeren krijgt. Er groeit immers genoeg in de tuin. Ze eten, alles met foets gezoet, kwelappelmoes van de kwelappel, een verse appelsoort uit de tuin met diepgegaard vangvlees, greffeltjeseieren en verse sukeran. Aurek heeft gekookt en hij kijkt trots op het vijfkoppige gezelschap.

Avi weer in zicht

Als ontbijt is er steevast een plakje vurst, een cake-achtige boterham met wat notensmeersel. Lunch kennen de Efins niet, zodat Antonio meerdere plakjes vurst smeert en wat bewaart tot 's-middags. Fajel geeft aan weg te willen.

'Ik moet samen met de bondgenoten die eieren gaan zoeken in de grotten op de lijst die ik van jullie heb gehad,' zegt ze, 'en die eieren vernietigen.'

'Dat is zielig,' vindt Benji.

'Niets zielig!' zegt Fajel. 'Als wij dat niet doen, dan hebben we binnen de korstste tijd weer een hoop vijandige Gigons.'

'Die kunnen jullie toch opvoeden,' zegt Benji.

'Leuk, heleboel schooltjes met nog meer Gigons, die wij moeten opvoeden,' zegt Fajel. 'Er zijn er wellicht wel tienduizenden van. De Gigons is een vijandelijk volk van ons geworden en wij moeten ze uitroeien, voordat ze dat met ons doen. Onder controle krijgen we ze nooit meer.'

'Die gevangen Gigons, gaan jullie die ook doden?' vraagt Antonio.

'Waarschijnlijk wel,' zegt Fajel.

'Dat is ook niet eerlijk. Ze moeten eerst voor een rechter verschijnen en die beoordeelt en ze hebben recht op een advocaat,' zegt Benji.

'Zie je nu wat de Aarde met je heeft gedaan? Een rechter en een advocaat, hoe bedenk je het. Het is voor honderd procent duidelijk dat de Gigons vijandelijke handelingen hebben verricht,' zegt Fajel. 'Hadden ze dat niet gedaan, dan zouden wij ook geen reactie hebben gegeven. Ze wilden zelfs de Aarde aanvallen. Als wij er niet waren geweest, dan hadden ze dat gedaan.'

'Niet iedere Gigon is slecht,' zegt Benji. 'Avi heeft ons geholpen met die lijst, die je in de handen hebt. Dat zou ze nooit hebben gedaan, als ze nog tot de vijanden behoorde.'

Fajel zweeg. Ze wist niet goed hoe ze op dat soort informatie moest reageren. Gigons leken zo erg op elkaar, dat er nauwelijks onderscheid te maken viel. Alleen Nosca was langer en veel lelijker dan zijn soortgenoten.

Fajel zegt: 'We hadden een heerlijk leven, totdat de Gigons gingen aanvallen.

Ze staat op: 'In ieder geval moeten we iets doen. We gaan de grotten opblazen.'

Ze maakt zich gereed voor het vertrek en neemt dan afscheid van de anderen. Met een vreemd gevoel zien ze haar gaan.

Aurek werkt ongestoord verder aan de tijdmachine. Dan is het tijd om de opa's en oma's uit de zorgtoren te halen. Ze zien er een stuk beter uit, ook een stuk jonger. Ze zijn ook van hun kwalen af, al lopen ze stukken minder snel dan de anderen.

'Geef ons op Aarde eens van die zorgtorens,' zegt Antonio. 'Dat zal een stuk schelen in het leed wat mensen moeten ondergaan.'

'Ja,' zegt Benji, 'onze technologie is gewoon beter. Niet dat wij het eeuwige leven hebben, maar we kunnen het een beetje uitstellen op deze manier.'

'Wat praten jullie vreemd,' zegt opa Dorak tegen Benji en Antonio.

Nu vertelt Benji aan de opa's en oma's al zijn avonturen op de planeet Aarde en hij is nog lang niet uit gepraat als ze in het huis zijn. Antonio ziet de opa's en oma's verscheidene malen in een deuk liggen, dan hebben ze weer grote ogen van verbazing en het volgende moment lachen ze weer.

'Mag ik ook weten wat er besproken wordt?' vraagt hij aan Benji.

'Straks,' zegt Benji. 'Het is voor jou vervelend, maar voor mijn opa's en oma's heel erg amusant.'

Pas een paar uur later vertelt Benji Antonio wat hij allemaal heeft gezegd.

'Ik heb ze alles vertelt, Antonio. Van het begin dat ik op de Aarde kwam, tot het moment dat we hier, in het nu zijn. Ik heb ze verteld over de mensen op aarde. Dat vonden ze amusant, ja.'

'Leuk,' zegt Antonio, 'om zo te worden bekeken, als amusant!'

'Over jou en onze ouders heb ik alleen positieve dingen gezegd,' zegt Benji. 'Ze moesten vooral lachen om juffrouw Klot en het feit dat ik mijn strafregels liet schrijven door Dips.'

Die avond eten ze verse, met groente gevulde, kwalmarans, klaar gemaakt door oma Morina. Antonio lust ze niet, maar hij krijgt een kuipje greffeltjes. Opeens ontdekt Benji dat een van zijn schoenen kapot is. De zool is gescheurd en hij trekt de schoen uit. Drofi is er als de kippen bij om de gescheurde zool met zijn spuug te herstellen. Dat lukt niet.

'Wellicht omdat de zool van rubber is,' zegt Aurek. 'We gaan morgen wel laarsjes voor je kopen. Dat is de enige soort schoenen die we hier kennen, korte en lange laarsjes, zonder veters of ritsen.'

'Hebben ze dan hier geen zelfstrikkende sneakers?' vraagt Antonio.

'Nee, dat hebben we niet,' zegt Aurek.

'Een probleem, paps,' zegt Benji, 'schoenen zijn een luxe-artikel en we hebben geen doka's.'

'Dat is inderdaad een probleem,' zegt Aurek. 'Wie heeft er doka's?'

De oma's en opa's hebben ze niet. Alles is hen afgenomen in gevangenschap. Posito heeft ze ook niet.

'Drofi misschien,' zegt Benji.

'Wat moet Drofi nou met doka's?' vraagt Aurek.

Toch vragen ze het aan Drofi en die verstaat het niet. Dan maken ze zelf zijn tasje, dat hij om zijn hals draagt, leeg. Ze ontdekken doka's. Voor het eerst laat Drofi emoties zien. Hij wordt kwaad en grijpt naar de doka's.

'Sorry, we hebben ze nodig,' zegt Benji. 'We zorgen toch ook voor jou?'

'Eigenlijk is dit eerlijk,' zegt Aurek. 'Drofi, ik beloof je dat we het terug betalen.'

Drofi begrijpt het niet en loopt stampvoetend door de kamer. Als ze op pad gaan, samen met Posito, gaat Drofi mee, nog altijd boos. Antonio gaat niet mee. Hij blijft bij de opa's en de oma's. Zo lopen ze door de straten van Ivorkan, die bewaakt worden door Efins uit het zuiden. Er zijn nog niet veel winkels open, niet iedereen is terug gekomen uit het Turbankamp. Ze vinden een schoenenwinkel, gevuld met laarzen, in allerlei soorten en maten. Het is een kwestie van passen voor Benji, want hij vindt dat er niet veel keus is. Wel gaan deze laarzen tientallen jaren mee. Drofi is nog steeds boos. Aurek bekijkt de doka's en ontdekt dat hij nog genoeg heeft om een lijst in de kamer te kopen, eentje waarin hij zijn vrouw kan zetten.

Hij kan de verleiding niet weerstaan en zegt: 'We gaan nog een lijst kopen.'

'Dat is toch niet eerlijk tegenover Drofi,' vindt Benji. 'Mogelijk wil hij ook wat kopen!'

'Ik moet een lijst hebben voor je moeder,' zegt Aurek.

Posito loopt wat vooruit en ziet plotseling een vriend, een van de Efins uit het Turbankamp. Ze omhelzen elkaar hartelijk en lopen dan achter de rest aan. In de lijstenwinkel kiest Aurek een bescheiden lijstje. Het gaat erom dat hij zijn vrouw weer kan zien, ook al is ze niet echt. De rest van de doka's geeft hij terug aan Drofi. Drofi kijkt weer blij en stopt de doka's in zijn zak. Hij begrijpt niets van de waarde van de munten.

'Ziezo, dat is gedaan,' zegt Aurek. 'Nu wil ik jullie iets anders laten zien. Het gebouw van de keizers!'

'Het gebouw van de keizers?' vraagt Benji. 'Zijn er dan nog leden aan het hof?'

'Ik heb vernomen dat er zeven leden van het hof zijn teruggekeerd, waaronder vier keizers,' zegt Aurek. 'Dat zijn er weinig op de twintig. Ze proberen de boel weer te laten reilen en zeilen.'

Ze lopen naar het keizerlijke verblijf, dat er eenvoudig uitziet. De deur staat uitnodigend open en ze lopen naar binnen. Daar worden ze begroet door twee hofdames een mee genomen naar de keizers. De keizers kijken verrast op.

'Leuk, bezoekers,' zegt de oudste keizer, Sylar.

Hij staat op en voert de efinse groet uit, heel subtiel, met zijn arm langs zijn lichaam en zijn hand bewegend.

'Het lijkt wel of het efinse volk ons vergeten is,' zegt keizer Sylar droevig. 'We zijn natuurlijk niet compleet. Ik ben hier met met mijn drie broers, Sobin, Sedif en Sukal en drie van onze zonen. Een andere broer van me, Sigol, onze vrouwen, twee van onze zonen en vijf van onze dochters zijn nog zoek!'

'Dat herken ik,' zegt Benji. 'Mijn moeder is ook nog zoek!'

'Ja, jongen,' zegt keizer Sylar, 'ik hoop ze te vinden. Dan is het hof weer voltallig en kunnen we weer goed regeren.'

Ze nemen afscheid van de keizers en lopen weer terug naar huis. Plotseling zien ze een drietal Sjuls lopen. Drofi haast zich naar de andere Sjuls.

'Dat is zijn familie,' zegt Benji.

De Sjuls begroetten elkaar door met hun hoofden lichtjes tegen elkaar aan te slaan. Drofi loopt zo met z'n soortgenoten weg, zonder om te kijken.

'Nou, zeg, is dat nu zijn dank,' zegt Posito, die nog steeds samen met zijn vriend loopt.

'Het is een Sjul,' zegt Aurek. 'We weten nog niet veel van ze. Hij heeft zich aan ons vastgeklampt omdat zijn soortgenoten er niet waren. Die heeft hij echter nu weer gevonden.'

Opeens, verder weg, keert Drofi zich om. Hij maakt het efinse gebaar om voorgoed dag te zeggen. Twee handen naar beneden in de lucht, die hij kruislings zwaait. Meteen doen de efins dat ook.

'Nou is er weer eentje weg,' zegt Aurek. 'Het gaat wel hard zo.'

'Ik ga ook weg,' zegt Posito. 'Mijn vriend heeft de meeste van mijn vrienden gevonden en gezamenlijk hebben ze hier een huis. Daar ga ik ook wonen. We zien elkaar natuurlijk nog wel.'

'Jullie blijven vanavond wel mee eten, toch?' vraagt Aurek.

'Als jij kookt, wel, ja,' zegt Posito. 'Jij kan lekker koken!'

'Benji kan wel etenswaar halen bij de voedboer, dan mag hij uitkiezen wat we eten,' zegt Aurek.

'Leuk,' zegt Benji.

Benji, op zijn krakend nieuwe laarzen, loopt naar de voedboer. Alles is gratis, hij hoeft het alleen uit te zoeken en dat doet hij. Hij keert terug met negen tugers, aan hun lange staarten gebonden en nog met de kop eraan en de huid erom heen. Antonio vindt het maar eng om te zien, het zijn net ratten met bolle ogen. Benji verzekerd hem dat zijn vader ze helemaal schoon maakt. Verder hebben ze togernoten meegenomen, hele grote paddenstoelen, die volgens Benji lummellen heten, en bruine bessen, bessen die worden geleverd via groentenaangevende planten.

'Benji, die tugers geven me een hoop werk,' zegt Aurek, als hij de voorraad boodschappen voor hem neerlegt.

'Ze zijn zo lekker,' zegt Benji.

'Ach, ik maak ze wel klaar,' zegt Aurek.

Het eten vindt iedereen heerlijk. Schoongemaakte tuger gevuld met lumellen met bruine bessen en togernoten. Het lijkt een beetje op konijn, vindt Antonio. Aan de zoete smaak is hij al gewend en het zout mist hij niet. Daarna nemen ze afscheid van Posito en zijn vriend. Na het eten installeert Aurek zijn vrouw, Quere op de lijst en hangt deze op. Zeer eenvoudig, zonder spijkers of schroeven. De lijst blijft als een magneet hangen, door de ondergrond van de muur.

'Deze film van Quere stond ook op de weetschijf,' zegt Aurek, terwijl hij de weetschijf liet zien.

'Terwijl ik overgenomen was, dacht ik niet aan Quere. De weetschijf heb ik gemaakt voordat ik overgenomen werd en in het wapen van Sulsar gestopt en aan Benji mee gegeven,' zegt Aurek. 'In het begin dacht ik nog te kunnen ontsnappen aan de Gigons. Ik dacht weer terug naar Aarde te kunnen gaan en Benji en natuurlijk de weetschijf te halen. Het liep anders.'

Hij stelt de film in en Quere komt vol in beeld en zwaait. Benji voelt tranen achter zijn ogen branden en op het moment dat ze zegt: 'Dag Benji, dag Aurek,' barst hij uit.

'Mama,' huilt hij.

'Rustig maar, Benji,' zegt Aurek. 'Ik voel mij nu ook emotioneel. Ze komt wel terug. Ik weet het zeker.'

Zeker weten doet hij het niet. Even overweegt Aurek om het werken aan de tijdmachine stop te zetten en naar zijn vrouw te gaan zoeken. Hij realiseert zich ook het belang van de mensen op Aarde, die hij zo goed kent. Ze mogen niet zo lang in onzekerheid verkeren. Benji ziet zijn moeder dansen en hoort haar zingen. Dan begint het filmpje opnieuw. Benji kan er geen genoeg van krijgen. Zijn tranen zijn inmiddels op gedroogd. Na een tiental keer zet Aurek het beeld stil, net op het moment dat zijn moeder opspringt tijdens de dans.

'Potverdorie!' zegt Benji in de aardse taal. 'Ik zit net te kijken!'

'Wat een taalgebruik,' zegt Aurek. 'Dat heb je zeker geleerd op Aarde! Kom Benji en Antonio, we gaan even naar buiten.' zegt Aurek.

Mokkend gaat Benji mee. Ze gaan de grote tuin in, waar veel kwelappelbomen staan. Aurek's handen rusten op de schouders van de jongens.

'Ik wil mogelijk niet meer terug naar Aarde, papa,' zegt Benji. 'Aan de andere kant zal ik dan ook Antonio en mijn pleegouders missen.'

'Hoe moeten we dat dan doen?' vraagt Aurek. 'Ik kan je moeilijk hier achterlaten en alleen Antonio terugbrengen. Ik kan ook moeilijk teruggaan naar de tijd dat je op de Aarde kwam en je weer meteen terugnemen. Zover kan de machine niet terug in de tijd. Je pleegouders kennen je al. Wat moeten ze doen als jij plotseling weg bent.'

'Je zou me meteen kunnen meenemen, als de echte Aurek,' zegt Benji. 'Een paar dagen nadat ik het weetschijfje aan de nep-Aurek heb gegeven. Dan weten ze dat ik weer met mijn vader mee ga.'

'Dan moet ik mezelf achterna zitten. Nee, dat werkt niet, Benji,' zegt Aurek. 'Het is dan nog volop oorlog op Piron. Dan verstoren we de tijdlijn teveel.'

Ineens begint Lalp te piepen.

'Een Gigon,' zegt Benji angstig. Benji zet Lalp uit en kijkt rond.

Plotseling staan ze oog in oog met een Gigon.

Aurek trekt meteen zijn wapen en zegt: 'Kijk hem niet aan!'

'Nee, het is niet zoals het lijkt,' zegt de Gigon met een vrouwelijke stem. 'Ik ben Avi!'

'Avi!' zegt Benji. 'Niet schieten, paps. Avi heeft ons geholpen.'

'Zo, en wat wil Avi nu?' vraagt Aurek, terwijl hij het wapen nog steeds in de aanslag heeft.

'Ik ben op de vlucht, zowel voor Gigons als voor Efins,' zegt Avi. 'Ik wil vragen of ik bij jullie kan onderduiken!'

'Onderduiken?' vraagt Aurek. 'Dat is onmogelijk! De Gigons mogen door ons gevangen genomen en overgedragen worden.'

'Toe, paps,' zegt Benji. 'Ze heeft ons geholpen. Help haar!'

Aarzelend stopt Aurek het wapen weg en ze gaan gezamenlijk naar binnen. Avi stopt voor de lijst met Quere en kijkt er langdurig naar.

'Haar ken ik,' zegt Avi. 'Ze is slavin bij onze groep vrouwen in de grot. Ze verzorgt daar de vrouwen, die zitten te broeden op de eieren, ze maakt ook van de uitgekomen eieren schalen, die wij gebruiken en ze lost ons af bij het broeden.'

'Waar is die grot?' vraagt Aurek.

'Valpener,' zegt Avi. 'Ik weet natuurlijk niet of ze daar nog is. Het is lang geleden dat ik ontsnapte.'

'Fajel wil de grotten opblazen,' zegt Benji verschrikt.

'Ik ga meteen naar Valpener. Ik weet waar het is, het is niet zover van hier,' zegt Aurek. 'Vanavond nog! Avi gaat mee. Die laat ik niet alleen met jullie.'

'Stel je voor dat ze je toch overneemt,' zegt Benji.

Aurek glimlacht en zegt: 'Vrouwelijke Gigons kunnen dat niet. Dat weet ik omdat ik zelf ook door een Gigon ben overgenomen.'

'Ik wil mee,' zegt Benji.

'Ik ook!' zegt Antonio.

'Hoe moet ik mee?' vraagt Avi. 'Ik word overal herkend.'

'Goed, mijn antwoord is nee en nee en het derde antwoord is, dat ik je ga vermommen, Avi.'

'Papa, ik wil mee. Ik kan ook vechten als het moet,' zegt Benji.

Aurek negeert de vraag van zijn zoon en legt de oma's en opa's uit wat hij gaat doen.

'Passen jullie goed op Antonio en Benji?' vraagt hij.

Daarna buigt hij zich over het vraagstuk over de vermomming van Avi. Hij heeft geen sip, want die heeft Fajel meegenomen. Avi is veel langer dan de Efins, dus een vermomming op eventueel spertels, zal ook opvallen. Hij probeert het toch. Hij geeft Avi efinse kleren en doet een doek geheel gewikkeld om haar hoofd en doeken om haar handen. Het lijkt nergens op. Avi zal opvallen, hoe dan ook! Na enige tijd weet hij het.

'Ik ben zo terug,' zegt hij tegen Benji, Antonio en Avi en hij verdwijnt uit het huis.

'Nou mogen wij niet eens mee,' zegt Benji teleurgesteld.

Benji zoekt en vindt straalwapens in het huis. Zijn vader heeft er meerdere. Hij steekt ze weg in zijn rugzak. Het wachten is op Aurek, die spoedig terugkomt.

'Ik heb van Posito en zijn vrienden een kar kunnen lenen, met twee spertels ervoor,' zegt hij. 'Avi gaat achter in de kar liggen, met doeken over haar heen.'

'Wij kunnen gewoon mee,' probeert Benji.

'Nee, nee en nog eens nee,' zegt zijn vader. 'Ik ga alleen met Avi en Posito, die voorop de bok zit.'

Hij neemt afscheid van de oma's en opa's en van Benji en Antonio en gaat het huis uit met Avi. Benji en Antonio gaan via de tuin ook naar buiten. Daar staat de kar met de twee spertels ervoor. De kar is erg klein en het kost dan ook veel moeite voor Avi om de juiste houding te vinden. Met opgetrokken knieën en liggend, wordt ze tenslotte afgedekt, waarna Aurek naast Posito op de bok plaatsneemt. Benji ziet zijn kans. De jongen rennen naar de achterkant van de kar en springen erop. Ze duiken snel onder de doeken.

'Gaat het, Avi?' zegt Aurek, terwijl hij zich omdraait, omdat hij iets heeft gehoord.

'Ja, hoor,' zegt Avi.

'Het lijkt wel of je dikker bent geworden,' zegt Aurek.

'Dat komt omdat ik me heb verdraaid,' zegt Avi.

Avi heeft de jongens wel gezien, onder haar doeken, maar ze zegt er niets van. Ze weet dat de Gigons in de grot niet zo gemakkelijk te overwinnen zijn en dat elke hulp welkom is. Het is gelukkig niet zo ver naar Valpener.

Ze rijden de hele nacht door en tegen de ochtend bereiken ze Valpener, een heel klein dorpje ten westen van Ivorkan. Aurek stopt de kar.

'Vanaf hier gaan wij lopend naar de grot,' zegt hij.

Hij stapt af om de doeken van Avi af te gooien en ontdekt de twee jongens.

'Wel, wel,' zegt Aurek. 'Twee verstekelingen. Het is toch niet te geloven.'

Benji haalt de wapens tevoorschijn en zegt: 'Wij kunnen meevechten om mama te bevrijden.'

'Nee, jullie blijven hier! Waarom heeft Avi niets gezegd?'

'Het is wellicht beter als ze wel meevechten,' zegt Avi.

'Tja, ze hebben al wat ervaring in Gukkel opgedaan,' zegt Posito.

157

'Nou, vooruit dan,' zegt Aurek. 'Als jullie maar zoveel mogelijk achter mij blijven.'

Voorzichtig lopen ze naar de grot, die verborgen ligt achter bomen en struiken. Dan zien ze daar iemand zitten, voor de grot, met haar rug naar hen toe.

'Dat lijkt wel Fajel,' zegt Aurek vertwijfeld.

'Fajel?' roept hij.

Ze keert zich om, ziet Aurek en houdt haar wijsvinger op een afstand van haar mond, als gebaar dat Aurek moet zwijgen. Dat doet Aurek niet, hij komt naar haar toe en vraagt. 'Wat ben je aan het doen?'

'Dit is de laatste grot ten westen van Ivorkan die we opblazen,' zegt Fajel. 'Mijn bondgenoten zitten op andere posities van de grot.'

'Dat kun je niet doen. Er zitten gevangen Efins in die grotten, vermoedelijk mijn vrouw,' zegt Aurek.

'Ik heb de bom net ingesteld en ik kan het niet veranderen,' zegt Fajel.

'Zorg dat die bommen ogenblikkelijk weggehaald worden,' zegt Aurek.

Mokkend neemt Fajel contact op met haar bondgenoten via de contactbox. Daarna pakt ze de bom en rent ermee weg. Een tijdje later horen ze vier flinke ontploffingen, achter elkaar. De Gigons hebben dat gehoord en er komen er een aantal uit de grot. Aurek aarzelt geen moment en schiet, gevolgd door Posito. Ze gaan naar binnen. Gigonvrouwen lopen rond, terwijl een flink aantal van hen zit te broeden. De lopende Gigonvrouwen trekken meteen hun wapens en beginnen te schieten. De broedende vrouwen stappen van de eieren en trekken ook hun wapens. Ze zijn veruit in de meerderheid. Aurek ziet vanuit zijn ooghoek efinvrouwen wegduiken. Hij weet dat hij dit straalgevecht niet zal winnen, met zo weinig Efins. Hij schiet en schiet en de anderen, ook Avi, schieten mee. Op het moment dat de strijd beslecht lijkt te worden in het voordeel van de Gigons, de groep heeft zich al moeten terug trekken, komt Fajel terug met de bondgenoten. Ze zien er verfomfaaid en vies uit door de bommen. Dat is niet zo erg. Als ze maar schieten en dat doen ze. Een heftig straalgevecht breekt uit, waar één van de bondgenoten gedood wordt en Fajel gewond raakt aan haar andere arm, zodanig dat ze er niets meer mee kan. Echter, de Gigons worden overwonnen. Vele Gigons liggen op de grond, er is een kleinere groep die, ontwapend, in een hoek gedreven onder schot worden gehouden door de bondgenoten en Posito. Terwijl Fajel haar arm verbindt, kijken Benji en zijn vader rond. Langzaam maar zeker komen de efinvrouwen vanachter hun schuilplaatsen tevoorschijn.

'Benji, Aurek,' horen ze een bekende stem.

'Quere,' roept Aurek blij.

'Mama!' roept Benji.

Ze zien hun vrouw en moeder. Ze is mager, vuil en verwaarloosd. Ook loopt ze moeilijk. Ze herkennen haar bijna niet terug. Ze omhelzen elkaar innig.

'Ik ben zo blij dat ik jullie weer zie,' zegt Quere. 'Zo blij! Ik dacht dat ik jullie nooit meer zou weerzien.'

'Kom, je moet naar een zorgtoren en Fajel ook,' zegt Aurek. 'De andere vrouwen zijn ook vrij! We vertrekken weer.'

'Waar is Avi eigenlijk?' vraagt Antonio.

Ze zien een Gigon liggen, apart van de anderen. Ze kreunt.

'Avi?' vraagt Aurek.

Hij keert haar om, maar ze lijkt zoveel op de anderen, dat hij haar niet kan onderscheiden. De Gigonvrouw kreunt. Ze is zwaar gewond. Ze ligt op het punt te sterven.

'Ja,' zegt ze zacht.

'Avi, kom nou toch,' zegt Aurek.

'Nee, het is goed zo,' zegt Avi. 'De Gigons moeten toch uitgeroeid worden. Ik heb straks niemand meer.'

Tot groot verdriet van Aurek en de anderen sterft Avi in zijn handen.

'Er komt versterking aan,' zegt Fajel. 'Zij zullen ook de eieren

159

vernietigen. We kunnen gaan!'
Zwijgend lopen ze terug naar de kar. De vreugde om Quere weer te zien, wordt overstemd door de dood van Avi. Al even zwijgend stappen ze op de kar.

Het is krap, achterop de kar. Fajel, Antonio, Benji en Quere zitten met opgetrokken knieën. Aurek en Posito hebben plaats genomen op de bok. Aurek kan het niet nalaten om zich telkens om te keren en naar zijn vrouw te kijken, terwijl Posito hem dan telkens tot de orde roept. Het bloed sijpelt door de doek die Fajel om haar arm heeft gebonden, heen. Ze moeten snel naar een zorgtoren. Ze zijn spoedig in Ivorkan. Het is avond geworden en ze brengen Quere en Fajel naar de zorgtoren. Aurek en Benji nemen voorlopig afscheid van Quere en Fajel en keren terug, waarbij Aurek de kar bij het huis parkeert waar Posito woont.

'Nou, dat was me het avontuurtje weer wel,' zegt Posito. 'Je weet, Aurek, als je me weer ergens voor nodig hebt, dat ik er zal zijn.'

De drie lopen naar huis. Ze zijn even weg geweest. Het voelt aan alsog ze al dagen weg zijn. Thuis vertelt Aurek het heuglijke nieuws aan de opa's en de oma's en dat Quere morgen al opgehaald mag worden uit de zorgtoren.

'Ik ben zo blij dat onze dochter terug is,' zegt oma Morina.

'We hebben ons wel ongerust gemaakt,' zegt opa Dorak.

'Benji en Antonio waren ook opeens weg, toen jij met die Gigon vertrok,' zegt oma Fatja.

'Wat maakt het nu uit? Ze zijn terug, Quere is terug!' zegt opa Silus en hij maakt een vreugdedans.

De tijdmachine

Ze trekken er de volgende dag allemaal op uit om Quere en Fajel te halen. Quere is in orde. Ze moet de komende maanden goed eten en drinken om weer de oude te worden. Fajels wond is nog niet genezen. Er zit een dik bindsel om. Zij moet de komende tijd rust houden, dat tegen haar zin is. Aurek maakt die avond een feestmaaltijd, bestaande uit het schaarse irdanse vee; een heerlijke stoofschotel van irdans vlees met urdaks en slaapnoten.

'Ik kan irdans vlees niet altijd krijgen, dus tast toe,' zegt Aurek.

Aurek geeft zijn vrouw het grootste stuk. Ze krijgt het niet op. Iedereen smult ervan en opa Dorak pikt een flink stuk van Quere's bord. Wat dat betreft lijken de Efins op mensen. Quere heeft zich intussen opgeknapt. Ze heeft wel een jurk van oma Morina aan, die iets te groot is en haar lokken vallen in een waterval maar beneden. Ze ziet er prachtig uit. Ze praat over de tijd dat ze slavin was voor de Gigons. Ze moest de Gigons verzorgen, terwijl die zaten te broeden en vaak moest ze ook broeden. Dat was een vreselijke houding, waar ze erg stijf van werd. Ze moest van de uitgekomen eierschalen allerlei voorwerpen maken, voornamelijk schalen en sieraden. Ze kreeg niet veel te eten en te drinken en ook de nachtrust werd haar niet vaak gegund. Als ze niet snel genoeg werkte kreeg ze van de Gigons een pak slaag. Het is geen leuke tijd geweest. Ze is blij dat ze weer bij haar familie is.

Terwijl Aurek zich bezig houdt met de tijdmachine en Fajel zich stierlijk zit te vervelen, gaan Benji en Antonio de volgende dag boodschappen doen.

'O' zegt Benji vrolijk, 'de fonteinen van Ivorkan doen het weer.'

De vijvers liggen trapsgewijs in het rond en zijn gevuld met limonades in alle kleuren van de regenboog. Via trappen kan men erbij komen. Benji loopt er meteen naar toe en laat een straal limonade in zijn keelgat lopen.

'Moet je ook proberen, joh!' zegt hij tegen Antonio.

Even later zijn de jongens verschillende soorten limonade aan het drinken, totdat ze er misselijk van worden. Al boerend gaan ze naar de voedboer, om daar alle spullen te halen die ze nodig hebben.

Eenmaal thuis zegt Aurek: 'Goed nieuws, jongens, de tijdmachine is klaar!'

'O,' zegt Benji, 'dan moeten we hem uitproberen!'

'Dat kan nu niet,' zegt Aurek. 'Want ik heb het afgesteld op aardse tijden. Dat ga ik niet meer veranderen.'

'Dan is het te hopen, dat het werkt,' zegt Fajel.

'Mocht het niet werken, dan gaan we over op plan B. Dan laten we Benji en Antonio in het heden van de Aarde,' zegt Aurek.

'Als het wel werkt, dan kun je toch meer terugdraaien, papa,' zegt Benji. 'Zo hoeven de leden van de Hunclis niet dood.'

'Als ik dat doe, dan verstoor ik de hele tijdlijn,' zegt Aurek. 'De Gigons blijven dan langer op Aarde, met alle gevolgen vandien. Dan hadden we nog geen vrede gehad.'

'Wel als je de leden van de Hunclis waarschuwt. Dan kunnen jullie ze de kaart van het hoofdkwartier geven, Vervolgens gaan ze naar Piron, en …' zegt Benji.

'dan was Nosca ook naar Piron terug gegaan en had daar een ander hoofdkwartier gemaakt,' zegt Aurek. 'Als we teveel in de geschiedenis gaan grijpen, dan weten we niet wat de uitkomst is. Bovendien kan ik jullie persoonlijk terugzetten in de tijd, maar ik kan zelf niet mee. Dan zou ik mezelf wellicht tegen kunnen komen als de overgenomen Aurek en dat is niet goed.'

'Hoe zit het met mij?' vraagt Fajel.

'Als alles goed gaat, heb jij geen reden om Benji te redden van het vuur en om de ouders de waarheid te vertellen over ons,' zegt Aurek.

'Dan moeten we Fajel wel het grote teken van de Hunclis meegeven, anders weet ze niets van het hoofdkwartier,' zegt Benji.

'Juist, ik wil mee,' zegt Fajel. 'Wat later in de tijd teruggezet worden als Benji en Antonio, zodat we dit ook recht kunnen breien.'

'Okee, dat is goed,' zegt Aurek. 'Laten we zeggen, vlak voordat je Benji en Antonio komt overhalen om naar Uitje-Bol te gaan. Dan ontmoet je jezelf – in dit geval kan dat – en dan vloeien jullie samen! Nu moeten we alleen een ruimteschip hebben.'

'Mijn ruimteschip is in de rimboe geboord,' zegt Fajel. 'Ik kan wel bij de bondgenoten een ander ruimteschip ritselen.'

'Regel dat dan,' zegt Aurek. 'We willen binnen een week vertrekken.'

Fajel gaat aan de slag met haar contactbox. Aurek legt uit wat er verder gaat gebeuren. Quere mag kiezen of ze zolang op Piron wil blijven of mee wil gaan. Ze verkiest het om mee te gaan. De oma's en opa's blijven achter. Na de missie gaan Aurek en Quere terug naar Piron, halen de oma's en opa's op en keren weer terug naar Aarde, om daar te blijven. De oma's en opa's hebben al aangegeven dit graag te willen, ze willen bij hun kinderen en kleinkind blijven, ook al zullen ze er moeite mee hebben om aan de Aarde te wennen.

Na drie dagen heeft Fajel contact met iemand die een ruimteschip ter beschikking heeft. Die dag daarop gaat Aurek met Benji en Antonio naar Posito om de kar en de spertels weer te lenen om naar het ruimteschip toe te gaan. Het staat bij Vurgul, iets ten zuiden van Ivorkan. Posito biedt aan om mee te gaan naar Vurgul en dat vindt iedereen gezellig. Weer moeten ze dicht bij elkaar in de bak van de kar. Fajel heeft nog steeds last van haar arm en kan hem gelukkig buitenboord hangen. Ze hebben veel kuipjes voedsel en flesjes water bij zich. Het is niet ver en niet veel later komen ze aan. Het ruimteschip met zijn bestuurder staat al klaar. Het is een ander en groter schip dan Fajel had. Het is diamantvormig. Er ontvouwen zich trappen bij het instappen. Nu nemen ze voorlopig afscheid van Posito.

'Nu kun je iets voor me doen, Posito. Let een beetje op de oma's en opa's van Benji?' vraagt Aurek

'Dat is goed,' grapt Posito. 'Ik neem ze op avontuur.'

De bestuurder, de zuiderling Kolino, neemt plaats in de bestuurderscabine en ze stappen in. Er ontvouwen zich ook trappen naar boven, waar de gastenruimte is. Die gaat open door een deur die zich als een waaier vouwt. Ook is er in dit schip een ruimte, waar echte groenten en vruchten groeien. Zo kunnen ze genieten van verse sukerans, kwelappels, koenjoe en urdaks. Ze maken zich op voor een reis van de maand, naar de Aarde.

'Eindelijk,' denkt Antonio.

'Het moet,' denkt Benji.

Hij denkt eraan hoe hij terug in de tijd wordt gezet en ellenlang moet wachten voordat zijn ouders terugkeren op de Aarde. In het ruimteschip is het wel gezellig, zelfs Fajel is vrolijk. Ze zitten met zijn allen in de comfortruimte, zo'n zelfde ruimte als Fajel in haar ruimteschip had. Benji vertelt aan zijn moeder welke avonturen hij allemaal op aarde heeft beleefd en zij ligt ook in een deuk als ze over juffrouw Klot hoort. Ze moet ook ontzettend lachen om robot Dips, die de stemmen nabootste van Sven en Roos. Ze leren elkaar de talen. Quere leert de aardse taal en Antonio de efinse taal.

'Gelukkig heb ik nog tijd zat om de taal goed te leren,' zegt Quere. 'Wij gaan immers nog terug naar Piron, voordat we ons definitief op Aarde vestigen.'

'Tenzij de Gigons natuurlijk weer in opstand komen,' zegt Aurek. 'Dan moet ik weer aan de slag.'

'Nee, Aurek,' zegt Quere. 'Ik wil me ergens settelen, met jou, met Benji en de opa's en oma's.'

'Moet ik dan bij jullie wonen of bij Antonio?' vraagt Benji.

Aurek strijkt zijn zoon over het haar en zegt: 'Dat wordt allemaal keurig geregeld, wacht maar af.'

'Dan gaan we met vakantie naar Piron,' zegt Benji.

'Als onze ruimteschepen nog sneller gaan, kan dat,' zegt Aurek. 'Voorlopig hebben jullie maar twee maanden zomervakantie en duurt de reis heen en terug naar Piron ook twee maanden, dus jullie missen een tijd.'

'Dan zorg jij toch dat de regels gewijzigd worden,' zegt Benji. 'In drie maanden, kwestie van de gegevens in de computer veranderen.'

'Ha ha, Benji, dat noemen ze op Aarde hacken. Daar komen ze al snel achter en dan wordt alles teruggedraaid,' zeg Aurek. 'Ik kan helaas niet alles veranderen op de computer.'

Ze vermaken zich verder met wertozculs, die aan elkaar gekoppeld zijn, zodat ze een spel gezamenlijk kunnen spelen en elkaar ook kunnen zien. Deze wertozculs zijn moderner, want anders dan in het schip van Fajel zijn deze draadloos met elkaar verbonden. Ze kunnen de kuipjes voedsel verwarmen, zodat dit wat smakelijker is. Zoals in elk ruimteschip is er een voedselvoorraad aanwezig. Dat laten ze dit keer staan. Ze hebben genoeg bij zich.

Na een maand bereiken ze eindelijk de Aarde. Het schip wacht tot de nacht en zoekt een schuilplaats. Bij een grote plas water, worden de trappen uitgevouwen, terwijl het schip nog zweeft. Ze stappen uit en Kolino gaat met ze mee. Dan worden de trappen ingevouwen en het schip zakt langzaam en zeker in het water met de afstandsbediening van Kolino.

'Zo, dat is er veilig, tenzij er onverwacht personen in gaan duiken. Dat verwacht ik niet,' zegt Kolino. 'Dan is er nog een zelfvernietigend systeem, als iemand de deuren opent. Dan kan ik moeilijk terug naar Piron.'

'Dat is een goed systeem,' zegt Fajel. 'Dat had mijn schip niet.'

'Waar verborg jij je schip?' vraagt Benji nieuwsgierig.

'Ook in het water. Niet om de koeling, maar omdat dit de meest geschikte schuilplaats is, in een klein landje als dit,' zegt Fajel.

Ze moeten een heel eind lopen en zien eindelijk een bushalte. Nu moeten ze wachten tot de ochtend. Antonio is in slaap gevallen op het bankje van het bushokje.

Als de bus komt en de chauffeur zijn eerste passagiers ziet, merkt hij lachend op: 'Het is toch nog geen carnavalstijd.' Benji begrijpt waarom hij dit zegt. Hij en Antonio zien er weer normaal uit. Ze hebben de dikke pakken afgelegd en lopen gewoon in hun oude kloffie. De rest ziet er in efinse kleding en haardracht nogal merkwaardig uit.

'Het is een popband,' zegt Benji daarom. 'Ken je ze niet? The Soundshifters. Hun spullen worden met een busje gebracht. Ze treden vanavond op in het Kofschip.'

Het Kofschip is een poptempel in de woonplaats van Antonio en Benji.

'Ach zo,' zegt de chauffeur.

Zijn moeder giechelt als Benji vertelt wat hij net tegen de busschauffeur heeft gezegd.

'Onze horloges lopen weer,' zegt Antonio.

'Dan is dat in ieder geval iets dat werkt,' zegt Benji.

De bus stopt een paar straten verder dan de Reutelstraat, waar de Guldenaars wonen.

'Ik ga even kijken,' zegt Aurek bij het trapveldje. 'Wellicht wonen ze er niet meer. Geef me de kop van Trot mee, dan kan ik foto's maken. Jullie blijven hier.'

Antonio wil met hem meelopen, maar Aurek staat dat niet toe. Hij weet niet of en hoe hij Roos en Sven aantreft. Er kan wel van alles gebeurd zijn. Een half uur later keert hij terug. Hij heeft een soort afstandsbediening bij zich, waarmee hij een pro-jectiescherm formeert. Dat sluit hij aan op Trot, zodat de foto's groot te zien zijn. Verbijsterd kijken Antonio en Benji naar het scherm. Op de foto's zijn Roos en Sven te zien met een baby. Ze lijken er heel gelukkig mee.

167

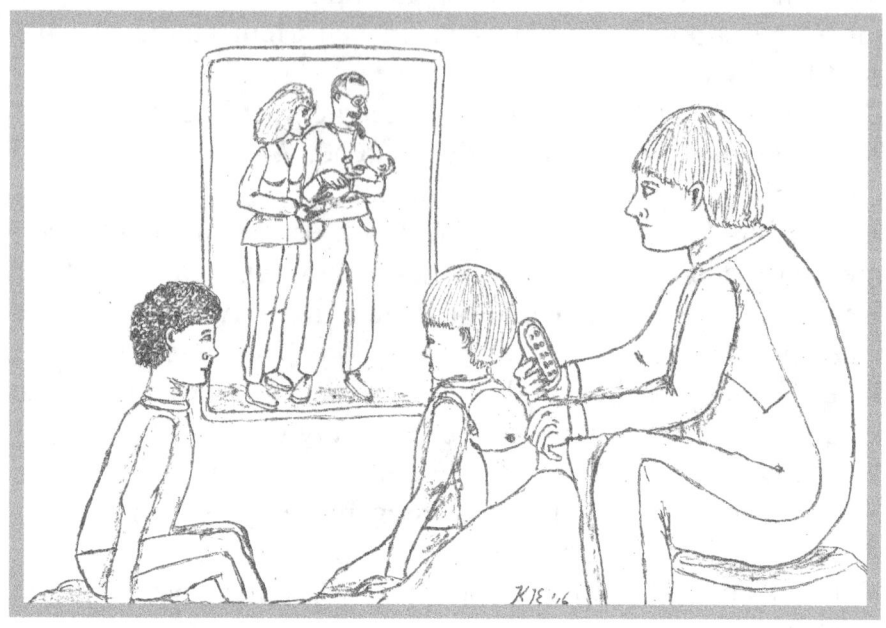

'Ze zijn ons al vergeten,' zegt Antonio.

'Nee, ze zijn jullie nog niet vergeten,' zegt Sven. 'Eens even kijken. De baby is pas geboren. Dan was Roos al zwanger toen jullie er nog waren. Jullie verdwijning kan wel van invloed zijn op de keuze die Roos maakte. Ik wist niet beter of Sven en Roos konden geen kinderen krijgen. Dus deze zwangerschap is onverwacht. Ik weet niet of ze het kind wil als jullie weer terug zijn.'

'Dan gaan we niet terug. Dan bellen we zo aan,' zegt Antonio.

'Dan laat je ze erg schrikken,' zegt Aurek. 'Ze zijn al door een hel heen gegaan.'

'Dat is waar,' zegt Benji. 'We kunnen beter terug in de tijd gaan.'

'Vannacht gaan jullie terug in de tijd,' zegt Aurek. 'Jullie komen jezelf tegen en vloeien samen.'

Die nacht is het zover. Benji en Antonio nemen afscheid van Quere, Fajel en Kolino. Het afscheid van Quere is voor Benji heel emotioneel.

'Mama, je komt toch terug met papa?' vraagt Benji.

'Ja, lieverd, ik kom terug!' zegt ze en ze omhelzen elkaar voor de laatste keer.

Fajel knijpt in Benji's wang en zegt: 'Wij, Benji, zien elkaar nog eerder, zonder gevaarlijke situaties.'

In een doodstille Reutelstraat staan Benji, Antonio en Aurek voor de deur van hun ouderlijk huis. Aurek heeft de tijdmachine voor zich en twee hoofdbanden, die Benji en Antonio omdoen.

'Paps, je komt toch terug met mama?' vraagt Benji.

'Natuurlijk kom ik terug. Pas als dit aardse heden er is. Wellicht iets later, maar we komen terug. Jullie gaan nu terug in de tijd. Als het goed is, zijn alle effecten van jullie verdwijning spoorloos,' zegt Aurek.

Hij knuffelt zijn vader voor de laatste keer en Aurek zet de knop aan.

'Tot ziens, mijn lieve zoon, Tot ziens, Antonio,' zegt Aurek.

Dan vervagen de twee jongens langzaam maar zeker. Alleen de op straat liggende hoofdbanden herinneren aan hun aanwezigheid.

Aurek raapt deze zwijgend op en denkt: 'Succes en veel geluk, jongens.'

Met een schok komen de jongens in hun lichaam terecht, terwijl ze in bed liggen. Benji realiseert zich dat hij dit al eerder heeft meegemaakt. Hij is zo moe dat hij spoedig in slaap valt.

De volgende dag ontdekt hij dat hij behalve zijn pyjama ook zijn gewone kleding aan heeft en zijn laarzen. Dus zijn oude en zijn nieuwe ik zijn gewoon samen gevloeid. Hij maakt Antonio wakker en ontdekt dat die ook dubbele kleding en zijn schoenen nog aan heeft. Hij vertelt Antonio wat hem overkwam gisternacht.

'Dat gebeurde mij ook,' zegt Antonio.

'Dit hebben we eerder meegemaakt,' zegt Benji. 'Alsof het

van te voren bepaald was, dat papa die tijdmachine ging gebruiken. Alleen hadden we toen geen dubbele kleding aan.'
'Laten we ons snel wassen en omkleden en naar beneden gaan,' zegt Antonio. 'Dan kunnen we kijken of we inderdaad terug in de tijd zijn gegaan.'
Benji kijkt op zijn mobiel en zegt: 'Ja, het is eenentwintig juli, precies die datum dat we terug moeten keren.'
Na het wassen en omkleden lopen ze voorzichtig naar de woonkamer. Roos is net aan het ontbijt bezig. Benji kijkt rond. Er is geen kinderbox of kinderwagen en geen gehuil van een baby. Antonio moet zich inhouden Roos en Sven niet te omhelzen van vreugde. De tranen branden in zijn ogen als hij zijn moeder het ontbijt ziet maken en zijn vader de ochtendkrant ziet lezen. Dan kan hij zich niet langer inhouden en omhelst zijn vader en zijn moeder.
'Waarom is dat nu?' vraagt Roos.
'Oh, zomaar!' zegt Antonio. 'Omdat ik jullie zo lief vind.'
'Hij wil vast meer zakgeld,' zegt Sven.
'Nee, nee,' zegt Antonio, 'ik wil niet meer zakgeld.'
'Iets anders dan?' vraagt Roos.
'Nee, absoluut niet,' zegt Antonio.
Hij beseft dat zijn gedrag vraagtekens hebben opgeroepen bij zijn ouders. Antonio en Benji zijn zenuwachtig voor de avond en lopen heen en weer te drentelen. Benji heeft het weetschijfje al in zijn zak gestopt. Hij zal moeten toneelspelen vanavond, maar heeft geen idee hoe hij dat moet doen.
'Wat lopen jullie toch heen en weer te drentelen,' zegt Roos. 'Het lijkt wel of jullie iets of iemand verwachten.'
'Laten we maar naar boven gaan,' zegt Benji tegen Antonio.
Boven drentelen ze rustig door.
'Wat moet ik nu tegen mijn nepvader zeggen,' zegt Benji. 'Ik heb zo'n neiging om te zeggen dat hij een Gigon is.'
'Doe open, geef hem het schijfje en zeg: Dag, mijnheer Bruntel,' zegt Antonio.

'Dat is een goed idee, dan zijn we er maar meteen vanaf,' zegt Benji.

Die avond wachten ze beneden in de woonkamer tot de bel gaat en die laat zijn luid geklingel horen. Benji springt op en doet de deur open. Het is de nep-Aurek. Hij frummelt het schijfje uit zijn broekzak en geeft dit aan Aurek.

'Het weetschijfje,' zegt Benji kortaf en hij wil de deur al sluiten als een stem achter hem klinkt.

'Aurek!' zegt Roos.

Benji staat aan de grond genageld.

'Aurek Bruntel,' zegt Roos en ze omhelst Aurek.

'Antonio,' zegt Roos, 'roep je vader eens. Die zit boven te werken.'

Aurek loopt met Roos de kamer in en Benji loopt erachter aan. Hij weet niet wat hij nu moet zeggen. Sven is intussen naar beneden gekomen en er is een warm weerzien tussen hen. Ze omhelzen elkaar.

'Je eet toch zeker wel mee, toch?' vraagt Roos en zonder het antwoord af te wachten, verdwijnt ze weer in de keuken.

'Nee, ik eet niet mee,' zegt Aurek. Hij blijft staan.

'Vertel waar jij hebt uitgehangen,' zegt Sven.

'Overal en nergens,' zegt Aurek kortaf. 'Ik kom even afscheid nemen.'

Het is duidelijk dat Aurek zo snel mogelijk ervan door wil.

'Afscheid nemen?' vraagt Roos geschrokken.

'Ja, afscheid nemen,' zegt Aurek. 'Zorgen jullie maar voor Benji.'

Hij keert zich om en gaat weg, tot opluchting van Benji.

'Nou zeg, dat is ook raar,' zegt Roos verbijsterd.

'Is hij nu helemaal gek geworden?' vraagt Sven.

'Wellicht is hij wel depressief,' zegt Roos. 'Dat verklaart alles. Hij neemt niet eens afscheid van Benji.'

'Dan moet ik er achteraan,' zegt Sven. Zonder een jas aan te trekken loopt Sven naar buiten, maar hij ziet Aurek nergens.

'Dan bel ik de politie,' zegt Roos.

Benji bijt op zijn lip. Dit is een ongewenste ontwikkeling. Stel je voor, dat de politie hem vindt? Vurig hoopte hij dat de nep-Aurek voor die tijd naar Piron zou zijn vertrokken.

'De politie kijkt naar hem uit,' zegt Roos, als ze de telefoon weer neerlegt. 'Meer kunnen we niet doen.'

Benji doet zijn best om heel pijnlijk te kijken en gaat samen met Antonio boven in zijn kamer zitten.

'Ik hoop dat de politie hem niet vindt,' zegt Benji.

'Wat wil de politie dan doen?' vraagt Antonio. 'Hij weet zich er vast uit te lullen.'

'Ja, misschien wel,' zegt Benji.

Ze worden geroepen voor het eten. Rode kool met hachee en aardappelen. Antonio moet wennen aan de smaak, want hij is zoet gewend. Jammer genoeg zijn ze vergeten foets mee te nemen. Stiekem gooit hij wat suiker over zijn eten. Roos ziet het en zegt: 'Wat is dat nu? Gooi jij suiker over je eten?'

Antonio reageert geschrokken en zegt: 'Oeps, ik dacht dat ik de zoutpot had gepakt. Foutje.'

'Nou, toch zal je het moeten opeten,' zegt Roos.

Dat vindt Antonio helemaal niet erg. Benji denkt na. Als het goed is, wordt hij niet ontvoerd, is er geen poging om hem in brand te steken, wordt het gezin Guldenaar niet overvallen en er komt voorlopig ook geen foets van Fajel. Daar kan hij mee leven.

De dagen daarna gaan de kegels open en kunnen ze het grote teken van de Hunclis kompleet maken. Ze komen er echter achter dat de bewoner van het huis van K. Krelis met de noorderzon vertrokken is. Niemand weet waarheen. Dus dat is een gunstig teken.

Ze horen helemaal niets meer van Aurek. Roos en Sven blijven een lange tijd onrustig.

Hun leven verloopt uitermate saai en rustig. Antonio kent de efinse taal redelijk en spreekt dat ook met Benji, al kan hij de hoge tonen aan het eind niet zo goed uitspreken.

Antonio begint zijn club geheimagenten, zoals hij ook deed in de gewone tijd op Aarde en het verloopt precies hetzelfde als voorheen, al stopt hij er wel wat woordjes van de efinse taal tussen.

Dan breekt december aan. Fajel zal komen. Precies op de dag dat Fajel kwam in de oude tijd, staat ze voor de deur. Sven en Roos zijn boodschappen aan het doen en Benji en Antonio zijn thuis.

'Hallo,' zegt ze. 'Hier ben ik weer. Kijk eens wat ik voor jullie heb meegenomen.'

Ze laat een zak foets zien en Benji weet dat zij de tweede Fajel is, omdat haar kleding efins is. Hij laat haar binnen en haalt ogenblikkelijk het grote teken van de Hunclis met de plattegrond van het hoofdkwartier.

'Let erop, boobytraps,' zegt hij.

'Dat weten we al,' zegt Fajel.

'We gaan zeker niet naar het sprookjeshotel dit keer?' vraagt Antonio.

'Nee, dit keer niet. Verleden keer zijn jullie al geweest,' lacht Fajel. 'Die koffie van Antonio hoef ik ook niet. Nee, jongens, ik ga alleen. Wanneer weet ik nog niet.'

'Zien we je nog wel, dan?' vraagt Benji.

'Als je vader en moeder hier eenmaal arriveren,' zegt Fajel, 'dan kom ik vakantie hier houden en dan zien jullie me weer. Nu ga ik er weer vandoor. Ik heb wat ik moet hebben.'

'Als wij nu thuis blijven, dan betekent het dat we nooit op Piron zijn geweest,' zegt Benji.

'Nee, dat klopt,' zegt Fajel.

'Dan kunnen wij ook niet mee hebben geholpen om mijn oma's en opa's en mijn moeder te bevrijden,' zegt Benji.

'Een voordeel van terug in de tijd gaan, is dat we nu voorbereid zijn op de dingen die komen gaan,' zegt Fajel. 'We nemen dus meer Efins mee naar je opa's en oma's en naar je moeder. De grottenlijst heb ik ook nog op zak. Vergeet niet,

173

alles is in onze herinnering op geslagen.'

Met de woorden: 'Ik zie jullie snel genoeg weer,' neemt Fajel afscheid.

De tweede dag van de kerstvakantie gaan ze met z'n allen naar Uitje-Bol om de opening van de robotklas bij te wonen. Het lijkt voor Benji en Antonio maanden geleden dat ze hier met Fajel stonden. Ze hadden het al gezien en toch doen ze alsof ze enthousiast zijn. Sven heeft de planeet geen Pyron genoemd, maar Defa. Roos is erg moe en gaat er vaak bij zitten.

Benji denkt aan haar zwangerschap en flapt eruit: 'Mams, je kan wel eens zwanger zijn.'

'Welnee,' zegt Roos, 'je vader en ik kunnen geen kinderen krijgen. Daarom hebben we Antonio geadopteerd.'

Benji gaat twijfelen aan de beelden die hij heeft gezien van Sven en Roos met een kindje. Dat was toch op dertig juni van het volgende jaar dat hij ze zag. Waarom ontkent ze de zwangerschap? Of wellicht hebben ze dat kindje ook geadopteerd. Roos blijft moe, ook na die dag in Uitje-Bol.

Op een dag wil Benji de kamer binnenlopen, als hij Roos hoort praten.

'Benji had gelijk. Ik heb net een zwangerschapstest gedaan en ik ben zwanger,' zegt Roos. 'Hoe kan dat nou?'

Sven reageert geschrokken.

'Hoe kan dat?' vraagt hij.

'Ik weet het niet,' zegt Roos. 'Ik ben al in de overgang, mijn menstruatie is onregelmatig.'

Ze begint te huilen.

'Ik wil het weg laten halen,' zegt Roos. 'Ik ben een veel te oude moeder en ik heb al twee zoons.'

Dan stapt Benji naar binnen.

'Nee, mams, niet weg laten halen!' zegt hij. 'Asjeblieft niet, het wordt een mooi kindje,'

'Hoe weet jij dat nou?' reageert Roos een beetje boos.

'Benji heeft gelijk,' zegt Sven. 'Het is niet gemakkelijk, maar het zal heus wel goed komen. Je bent nog niet te oud! Die twee zoons van ons vinden het hartstikke leuk. Samen komen we er wel doorheen.'

Roos lacht door haar tranen heen.

'Dan zal ik er voor gaan, niet?'

Een verrassing

Hun leven verloopt gewoon, zonder spannende dingen. De zwangerschap van Roos verloopt wat moeilijk. Ze wordt echter goed in de gaten gehouden. Benji maakt zich zo nu en dan zorgen. Niet om Roos en Sven. Om zijn echte vader en zijn moeder. Zou het Fajel allemaal wel lukken met het bevrijden van zijn vader, en de opa's en oma's en zijn moeder? Het is afwachten. Voor Benji kunnen de dagen niet snel genoeg verlopen. Het schijnt eindeloos te duren.

Hij wordt jarig, elf in aardse jaren alweer, op vijf januari. Hij wordt goed verwend. Hij krijgt een Ipad, wat kleding en nieuwe schoenen en een virtual realitybril die aansluit op een computerspel. Hij heeft nog steeds geen eigen computer. Dat verandert wanneer Antonio jarig is, zestien april. Antonio krijgt een prachtige laptop. Dat betekent dat Benji zijn oude computer mag gebruiken, met het zwarte schijfje. Benji beseft dat het tijdelijk is. Zodra zijn vader arriveert, is een duizelingwekkende hoeveelheid aan nieuwe technologie beschikbaar.

De baby wordt geboren. Roos moet het ziekenhuis in en de baby wordt twee weken te vroeg geboren. Het is een schatje, een meisje met de mooie naam Efira. Ze ziet er precies hetzelfde uit, als ze op het scherm hebben gezien. Antonio en Benji zijn er maar wat blij mee, het lijkt of ze nog gelukkiger zijn dan de kersverse ouders. Ze maken zelfs ruzie wie de baby 's ochtends als eerste een luier om mag doen.

Benji wacht ondertussen met grote spanning op de komst van zijn ouders. Dat blijft echter uit. Hij begint zich zo langzamerhand steeds zenuwachtiger te voelen. Komen zijn ouders of komen ze niet? Elke dag denkt hij wel aan de gebeurtenissen op Piron, de dingen die nog moeten gebeuren en hij hoopt dat het ze lukt. Hij krijgt visioenen dat zijn vader alleen komt en dat hij helaas zijn moeder niet heeft kunnen redden, evenmin als zijn opa's en oma's.

Het huis op nummer tweeëntwintig staat in de verkoop. Daar let Benji niet op. Tot er op een dag twee personen bij het huis komen. Ze hebben weinig bij zich. Hij herkent ze en rent naar buiten. Het zijn Aurek en zijn vrouw.
'Papa, mama!' roept hij.
Meteen verschijnt er een glimlach op de gezichten van zijn vader en moeder.
'Benji, wat ben ik blij je weer terug te zien,' zegt Aurek en hij omhelst zijn zoon, gevolgd door een omhelzing van zijn moeder.
'Waar zijn de opa's en de oma's?' vraagt Benji.
'Die zijn in hun eigen huisjes in Weesdijk,' zegt Aurek. 'Ik heb ze gekocht en voor ze ingericht.'
'Hoe doe je dat toch, papa?' vraagt Benji.
'Ja, dat is mijn geheim,' zegt Aurek geheimzinnig.
'Daar komen Sven en Roos,' zegt Benji. 'Je hebt ze heel wat uit te leggen, vrees ik.'
'Hoezo?' vraagt Aurek verbaasd.
Voordat Benji kan reageren zijn Sven en Roos al bij ze.
'Zo, Aurek, daar ben je weer,' zegt Sven. 'Eindelijk!'
'Ja, ik ben een hele tijd weggeweest. Nu ga ik samen met mijn nieuwe vrouw Lisa dit huis bewonen,' zegt Aurek.
'Nieuwe vrouw, Lisa,' zegt Roos.
'Ja,' zegt Aurek. 'Ik heb haar schoonouders een nieuw huis aangeboden in Weesdijk. Mijn ouders heb ik ook weer gevonden, die hebben ook een nieuw huis in Weesdijk.'
'Zo, zo,' zegt Sven. 'Klets heen onzin, Aurek! Kom, Roos, we gaan!'
Benji is verbaasd, evenals Aurek. Benji vertelt Aurek hoe het bezoek van de nep-Aurek verliep. Zeer kort dus. Hij wist niet

hoe snel hij weg moest komen met het weetschijfje.

'Dat bedoelde ik met je hebt heel wat uit te leggen aan Sven en Roos,' zegt Benji.

'Dat verklaart nog niet de reactie van je ouders,' zegt Aurek.

'Ik ga het ze vragen,' zegt Benji en hij gaat terug naar huis, gevolgd door Aurek en zijn vrouw.

Antonio is verrast als hij ze ziet.

'Daarnet kwamen mams en paps boos binnen en nu volgen jullie,' zegt hij.

'Met mams en paps moeten we praten,' zegt Benji en hij loopt naar binnen. Roos en Sven zitten aan de eettafel.

'We weten alles! Alles!' zegt Roos.

'Mijn vader heeft mij alleen tijdelijk in de steek gelaten,' zegt Benji, 'de laatste keer dat hij kwam. Hij wist niet wanneer hij terug zou komen.'

'Praat geen onzin, Benji,' zegt Sven. 'Antonio en jij wisten dat Aurek en zijn vrouw weer terug zouden keren, je vader en je moeder.'

Benji, Antonio, Aurek en Quere begrijpen er niets van.

'Wat bedoel je daarmee, Sven?' vraagt Aurek.

'Gewoon, dat jullie een stel buitenaardsen zijn, die wat spelletjes met ons hebben gespeeld. Antonio en Benji hebben braaf mee gedaan,' zegt Sven.

'Dat moet het werk van Fajel zijn,' zegt Aurek. 'Kom mee, Quere, we gaan Fajel contacten. Ze is met ons mee gekomen en ze is nog bij de oma's en opa's. We komen terug!'

'Waarom zijn jullie zo boos?' vraagt Antonio.

'We weten het net,' zegt Sven. 'Op het moment dat we Aurek en zijn vrouw zagen. Benji, zijn ouders en Fajel zijn buitenaards. Jullie zijn naar de planeet Piron gegaan, maar daar hebben wij niets van gemerkt, omdat jullie terug in de tijd zijn geplaatst.'

'Mogelijk dromen jullie,' zegt Antonio.

'Nee, absoluut niet,' zegt Roos. 'We weten het zeker!'

'Er is zoveel dat we weten,' zegt Sven. 'Aurek, die bij ons aan de deur kwam, was een nep-Aurek. Vandaar dat hij zo snel mogelijk weg wilde, nadat hij het weetschijfje van Benji kreeg.'

'Dat moest Benji geven,' zegt Roos. 'Anders had de echte Aurek nooit vrij kunnen worden.'

'Laten we naar boven gaan,' zegt Benji.

Eenmaal boven zegt Benji tegen Antonio: 'Zou dit het werk van Fajel zijn?'

'Hoe dan ook, ze weten het net!' zegt Antonio, 'en ze weten het zeker ook!'

'Ik weet niet hoe ze het weten,' zegt Benji. 'Het is mij een raadsel.'

'Laten we naar Aurek gaan,' zegt Antonio. 'Dan weten we misschien meer.'

'Ja, laten we dan maar doen!' zegt Benji.

Even later bellen ze aan bij het huis tweeëntwintig. Quere doet open.

Ze zegt, nog met haar zangerige accent: 'Aurekkkkk isssss binnennnnnn,'

Ze worden binnen gelaten en zien een heel kaal huis.

'Fajel komt zo, jongens,' zegt Aurek. 'Wellicht is er dan een oplossing voor dit raadsel. Het was niet de bedoeling dat je ouders dit te weten zouden komen. Nu zijn ze alleen verward.'

Het duurt nog een uur voordat Fajel komt. Ze is met de bus vanuit Weesdijk gekomen. Ze doet meteen een bekentenis.

'Ik ben de dag nadat ik bij Benji en Antonio op visite was en de grote schijf van de Hunclis heb gehad, ingeslopen bij de Guldenaars, terwijl ze sliepen,' zegt ze. 'Ik heb een geheugendispens op hun hoofd geplaatst, die ik zelf ingesproken heb. Hun onderbewustzijn heeft zodoende de waarheid opgenomen. Ik heb ze ook ingegeven dat ze zich alles bewust zouden herinneren als ze Aurek en zijn vrouw zouden ontmoeten. Dat leek mij het beste, om ze op de hoogte te stellen van ons buitenaards zijn.'

179

'Wel,' zegt Aurek woedend, 'dat was de bedoeling nu juist niet. Het weten houdt geen acceptatie in!'

'Toch vind ik dat ze het moeten weten,' zegt Fajel. 'Bovendien zal de acceptatie sneller komen, omdat er geen gevaar meer dreigt voor de jongens.'

'Laten we naar Roos en Sven toe gaan,' zegt Aurek. 'Terugdraaien kunnen we het niet. Wellicht kunnen wij ze wel overtuigen van onze goede bedoelingen.'

Zo keren ze terug bij Roos en Sven. Ze zijn nog steeds kwaad. Het kost Aurek en Fajel dagen tijd om die boosheid weg te nemen. Ze vertellen alles over Benji en Antonio's avonturen en alles over Piron. Fajel toont haar twee navels. Eindelijk beginnen Roos en Sven open te staan voor het buitenaardse van de Bruntels.

'Denken dat je weet wat je kinderen uitspoken,' zegt Roos, 'zijn ze met hele andere dingen bezig.'

'Dat is voorbij,' zegt Fajel. 'We hoeven geen geheimen meer voor elkaar te hebben.'

'Eén ding, nee eigenlijk twee,' zegt Aurek. 'Sven, je moet me beloven dat je niet naar de politie stapt en Benji's bloed niet aftapt om te kijken of het een echt buitenaards jongetje is.'

'Nee, dat doe ik niet,' zegt Sven. 'Ik weet dat jullie buitenaards zijn. Als ik de politie inlicht, zal ik jullie in de problemen brengen. Dat wil ik beslist niet.'

'Bij wie ga ik nu wonen?' vraagt Benji.

'Bij ons!' zeggen Roos en Aurek tegelijkertijd.

'Bij ons allebei,' haast Aurek te zeggen. 'De ene dag slaap je bij Antonio, de andere dag bij ons. Antonio en jij kunnen vaak bij ons eten. We zijn niet voor niets naast jullie komen wonen.'

'Gelukkig dat het huis te koop stond,' zegt Roos.

'Maarre, kennen jullie zoiets als puberteit?' vraagt Sven aan Aurek.

'Puberteit, oja, dat duurt bij ons heel lang, wel tien jaar,' zegt

Aurek lachend.

'Tegen die tijd sturen we Benji permanent naar jullie toe,' lacht Sven.

Als Aurek en Quere hun huis hebben ingericht, met een combinatie van aardse en pironese spullen, geven ze een feestje. De oma's en opa's zijn er ook. Ze hebben erg moeten wennen in hun huisjes en hebben meer moeite om de taal te leren. Ze vinden het wel leuk in Weesdijk. Ze verwonderen zich over de winkels, waar zoveel te koop is. Ook in de supermarkten is veel te koop. Ze kunnen het niet laten om het losse voedsel te betasten, wat hen op een standje van het supermarktpersoneel komt te staan. Ze verbazen zich over de aardse levensstijl van veel mensen. Ze moeten erg wennen aan het eten. Ze zoeten het met foets, waar ze een hele lading van mee hebben genomen. Ze hebben ook een heleboel kuipjes pironees voedsel meegenomen, waarmee ze hun menu kunnen aanvullen. Aurek en Fajel hebben geregeld dat Quere en de beide opa's en oma's overal geregistreerd zijn, als zijnde aards en op de Aarde geboren, met een aardse huisarts. De huisarts wil standaard bloed bij ze prikken, omdat ze al wat ouder zijn en dat weigeren ze. De opa's en oma's voelen zich prima. Het ruimteschip is verborgen in het midden van een diep meer en wel zodanig dat het geheel door slijk wordt overwoekerd, zodat niemand het zal ontdekken. Zo kunnen de efins teruggaan naar Piron, als ze daar behoefte aan hebben.

Iedere Efin heeft efinse kleding aan, zelfs Benji. Het is feest, dus dan kan het. Fajel heeft het gemaakt voor hem.

'Tijd voor een familiefilm,' zegt Fajel. 'Kom, Sven, Roos, Antonio en de kleine Efira er ook bij!'

Fajel filmt met een pironese apparaat het familieportret. Ze maakt nog een filmpje. Daarna zet ze die in pironese lijsten.

'Zo, eentje voor de familie Bruntel en eentje voor de familie Guldenaar,' zegt ze.

181

Sven kijkt verwonderd naar de lijst, die hij zojuist gekregen heeft. Het beeld beweegt en spreekt.

'Dag. Krin,' hoort hij door elkaar en hij ziet de efins en de mensen, inclusief hijzelf, zwaaien en hij beseft dat krin het efinse woord voor dag is. De Efins zwaaien met hun handen naar beneden.

De weken daarna worden de Guldenaars voorzien van allerlei pironese technologie. Aurek herstelt alle robotten van Benji of maakt nieuwe onderdelen.

'Zo, eer dat de mensen zover zijn, dat er in elk huis betaalbare robots komen, die allerlei huishoudelijke of andere klusjes kunnen doen,' zegt Aurek, 'dan zijn we wel even verder. Ik kan ze bouwen en dat ga ik ook doen, voor jullie, voor ons en de opa's en de oma's. Dit zijn maar speelrobotjes. De robots die ik ga bouwen die kunnen stofzuigen, dweilen, afwassen, afdrogen, de was doen, de was ophangen. Enfin, alles wat huishoudelijke klussen betreft.'

'Zo, dat is fijn,' zegt Roos. 'Ik kan haast niet wachten.'

De zwarte schijfjes worden geplaatst op alle pc-apparatuur. Er komt een scanner voor de boeken, die snel op het zwarte schijfje kan worden aangesloten. Zo kunnen ze heel wat boeken opruimen. Er komt een foto-projectiescherm. Een druk op de knop en het projectiescherm verschijnt of verdwijnt. Ook krijgen ze andere lampen in de slaapkamer. Zo kunnen ze een prachtig kleurenspel maken in hun slaapkamer. Er komen ook draadloze wertozculs, waarmee ze vele zaken in 3-D kunnen bekijken. Er komen twee ronde kussens op de zolderkamer van Benji en Antonio met anti-zwaartekrachttechnologie, zodat de kussens kunnen zweven. Roos en Sven vinden die snufjes fantastisch. Ze zijn blij met hun buitenaardse vrienden. Ook Antonio kan het wel bekoren. 'Kunt u ook voor aardse mensen een goverak maken?' vraagt Antonio aan Aurek.

Antonio legt aan Aurek uit dat hij het apparaat van Posito kent. Het doet niets bij mensen, omdat hun hersengolven anders werken.

'Dan zou ik eens van Posito zo'n apparaat moeten zien, om te weten hoe het werkt,' zegt Aurek. 'Dan kan ik het aanpassen aan menselijke hersengolven. Dat is tenslotte ook bij de geheugendispens van Fajel gedaan. Ik ben erg nieuwsgierig naar die goverak!'

Ze zijn vaak bij de Bruntels en eten daar dan ook. Quere doet haar best om aards te koken, maar ze serveert graag appelmoes, slagroom en vruchten en alles wordt gezoet met foets. Ook koekjes en cake's bakken doet Quere graag. Dat kennen ze niet op Piron. Het eten is zo lekkerder dan bij de Guldenaars. Benji en Antonio maken geen opmerkingen daarover tegenover Sven en Roos. Ze gooien stiekum foets over hun eten.

Sven is druk bezig met zijn ontwerp voor de robot-

183

verkeerstuin. Ieder stapje ziet hij het ontwerp veran-deren in iets waar hij alleen maar van droomde. Ze spreken af, wanneer de robotverkeerstuin wordt geopend, dat ze met z'n allen weer naar Uitje-Bol gaan, ook met de ouders en de opa's en de oma's van Benji.

Aurek gaat weer werken. Hij heeft geluk. Uitje-Bol wil een vrije valtoren in het Heksenhof. Het is de bedoeling dat de bezoekers in pompoenwagentjes gaan zitten, die halverwege kantelen, zodat hun gezicht naar beneden is gericht. Onderweg naar boven worden de bezoekers getracteerd op het duister, de griezelige geluiden van krolse katten en krijsende katten en lichtende kattenogen. Er zijn ook heksen te zien, soms heel onverwacht. De toren wordt half ingebouwd in een nagemaakte rots. Hij moet veel hoger en groter worden dat de dansende spinnentoren. Bovendien wil Uitje-Bol in de komende jaren werken aan de Mysteriehoek, waar uitbreiding van het park voor nodig is. Het komt bij Feeënstad, maar de exacte plannen zijn nog niet bekend. Wel willen ze daar een achtbaan met minstens en dubbele loop en een booster en een topspin, dus dat is heel wat.

Over een tijdje komen er meer Efins naar aarde, onder andere een paar artsen van de zorgtorens, die vrijwel alles kunnen. Zo kunnen zij ingrijpen als de Efins wat gaan mankeren en regelmatig verjongingskuren geven voor de opa's en oma's en andere Efins. Zo blijven ze langer fit. Het voordeel is dat er geen aardse arts aan te pas komt en dat zij niet getraceerd kunnen worden als buitenaardsen. Bovendien krijgen zij de juiste behandeling. Er komen ook Efins met een bevoorrading voedsel, waaronder Posito. Deze pendelen regelmatig tussen Aarde en Piron. Fajel gaat ook regelmatig terug naar Piron. Er zijn nog wat Gigons op Piron. Die worden streng in de gaten gehouden. Ook het aantal eieren dat ze leggen, wordt aan banden gelegd. Het is één van Fajels taken om dat te doen. Fajel gaat ook nog uitzoeken, samen met anderen, wie er precies van de Efins achter de agressie van de Gigons zit. In ieder geval Aurek niet.

Quere gaat niet werken. Ze is vaak met de opa's en oma's op stap, die een vet pensioen krijgen. Hoe? Dat is het geheim van Aurek en Fajel.

Wetenswaardigheden over Piron

De Efins

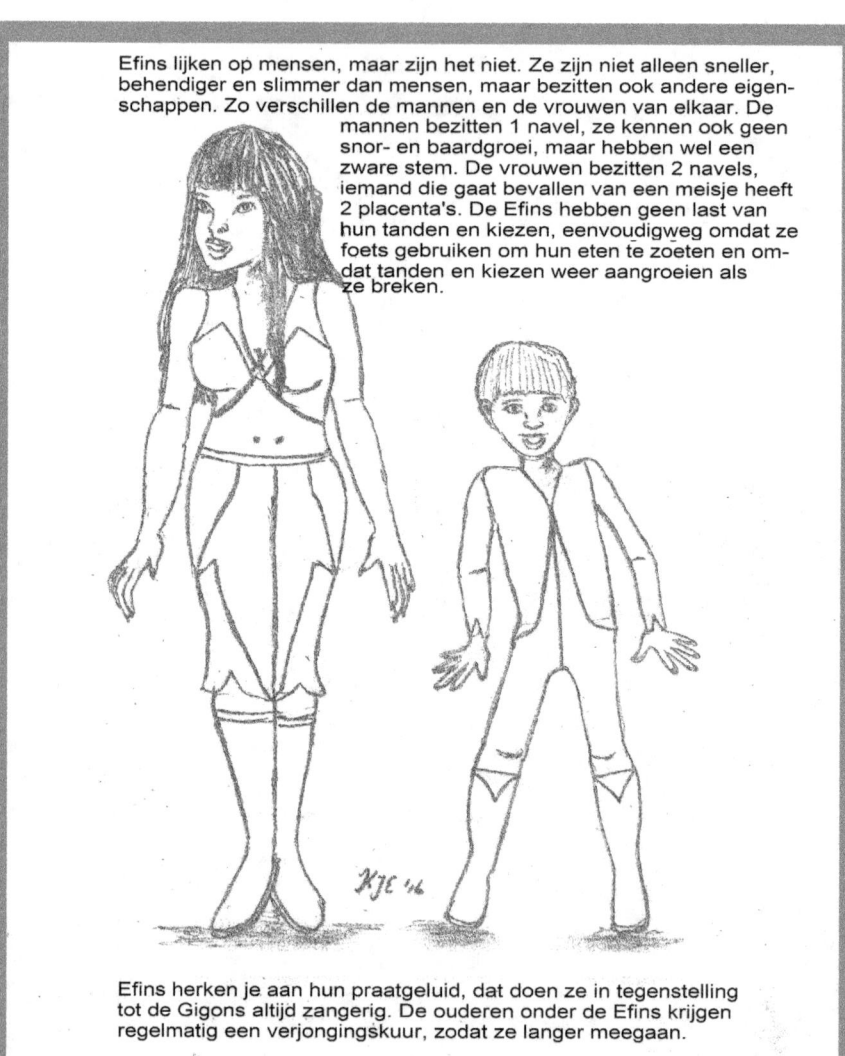

Efins lijken op mensen, maar zijn het niet. Ze zijn niet alleen sneller, behendiger en slimmer dan mensen, maar bezitten ook andere eigenschappen. Zo verschillen de mannen en de vrouwen van elkaar. De mannen bezitten 1 navel, ze kennen ook geen snor- en baardgroei, maar hebben wel een zware stem. De vrouwen bezitten 2 navels, iemand die gaat bevallen van een meisje heeft 2 placenta's. De Efins hebben geen last van hun tanden en kiezen, eenvoudigweg omdat ze foets gebruiken om hun eten te zoeten en omdat tanden en kiezen weer aangroeien als ze breken.

Efins herken je aan hun praatgeluid, dat doen ze in tegenstelling tot de Gigons altijd zangerig. De ouderen onder de Efins krijgen regelmatig een verjongingskuur, zodat ze langer meegaan.

De Gigons

De Gigons zijn wezens, die door genetische mani-
pulatie kwaadaardig zijn geworden. De man, deels
ontkleed, laat zien dat ze een superlenig bot-
gestel hebben. Ze kunnen hun nek en hoofd
360 graden draaien. Ze bezitten zes vingers en
zes tenen. Ze hebben een soort kam op hun hoofd
bestaande uit borstelig haar. Mannen zijn niet van
vrouwen te onderscheiden, behalve door hun stem.
De vrouwen leggen tegenwoordig zo'n 30 kleine
eieren. Door apart op zo'n ei te broeden groeit
het uit tot normale grootte om uit te komen.
Mannen en vrouwen hebben scherpe tanden.
In hun keel hebben ze een soort draaikolk
als ze schreeuwen.

De Sjuls

Van Sjuls is weinig bekend. Men weet dat het boswezens zijn en dat ze in kleine groepen bij elkaar leven. Verder is bekend dat ze geen klanken voortbrengen, de wijze hoe ze met elkaar communiceren is onbekend. Ze verstaan dan ook niet de efinse of andere talen. Wel hebben ze een zeer scherp gehoor. Ze kunnen op honderden meters afstand horen. Ze zijn dol op stugge, rauwe bladeren. Een andere eigenschap van ze is, dat hun spuug een soort lijm bevat, waarmee ze sommige dingen kunnen lijmen.

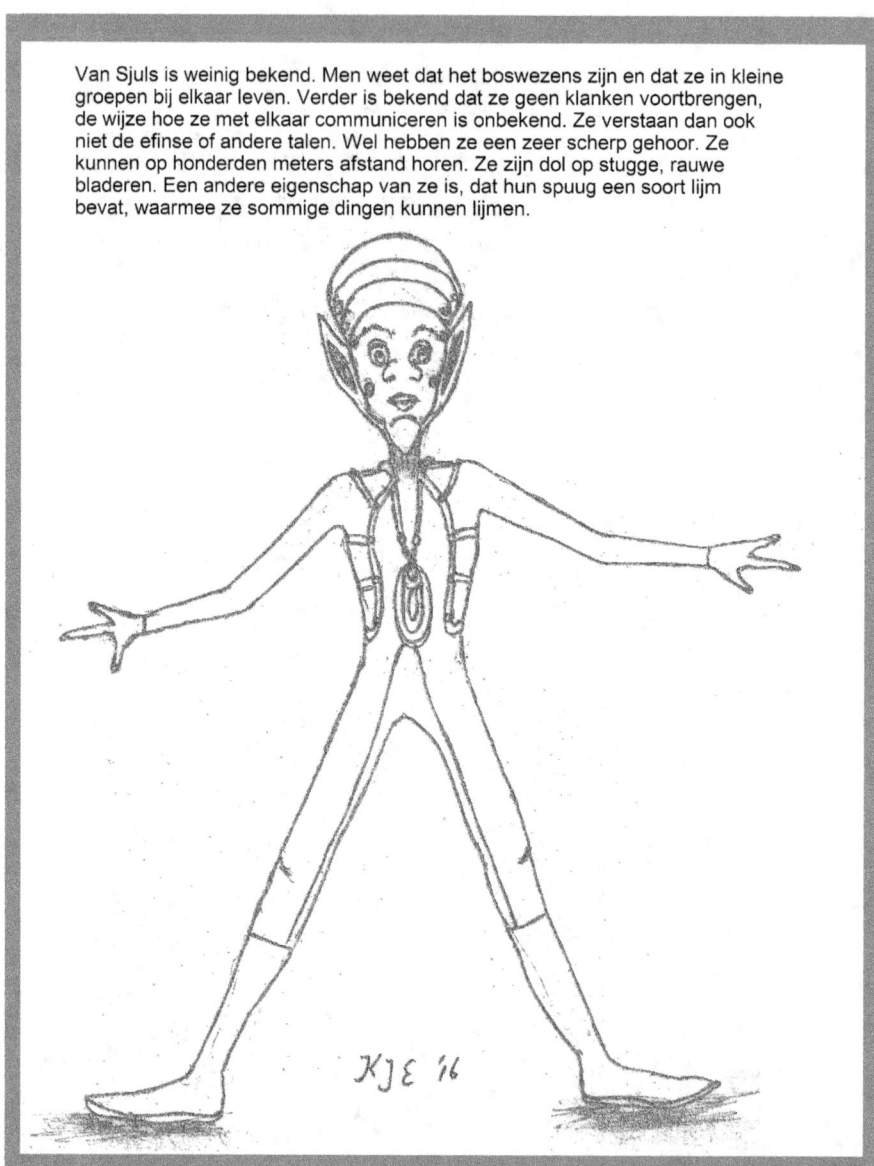

Efins uit het Zuiden

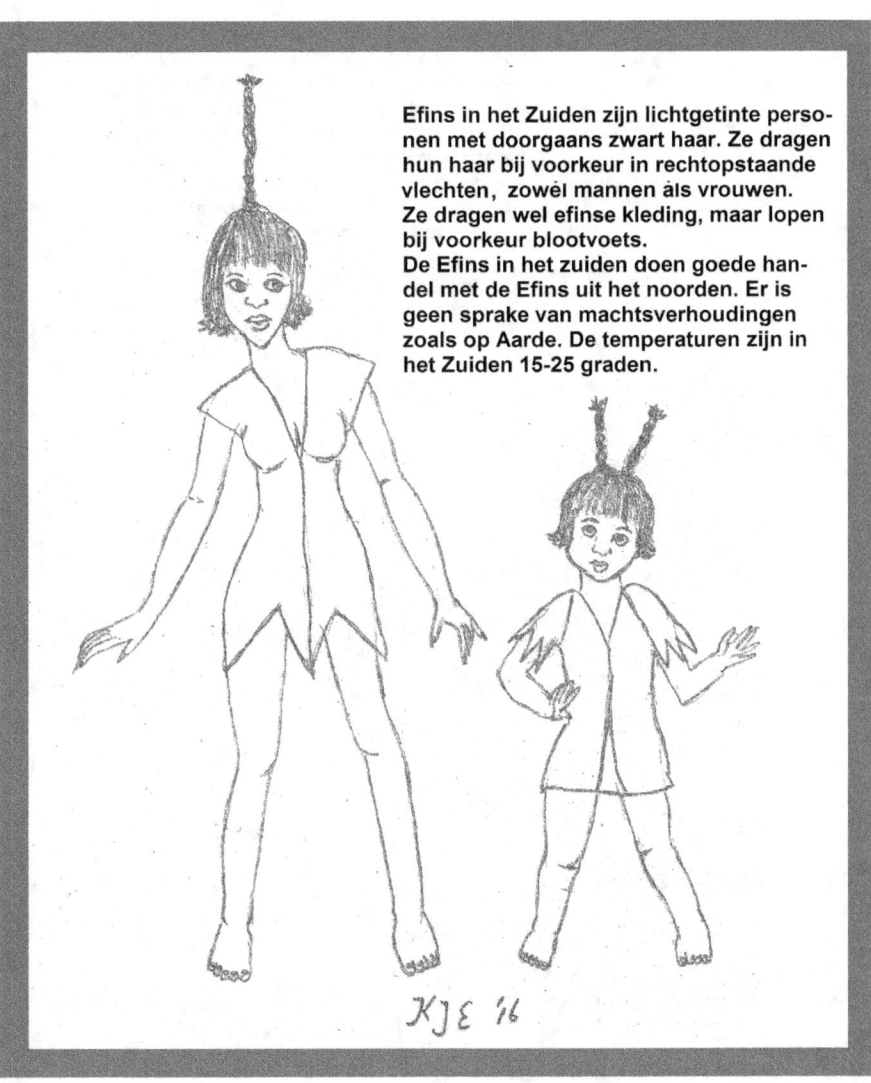

Efins in het Zuiden zijn lichtgetinte personen met doorgaans zwart haar. Ze dragen
hun haar bij voorkeur in rechtopstaande
vlechten, zowèl mannen àls vrouwen.
Ze dragen wel efinse kleding, maar lopen
bij voorkeur blootvoets.
De Efins in het zuiden doen goede han-
del met de Efins uit het noorden. Er is
geen sprake van machtsverhoudingen
zoals op Aarde. De temperaturen zijn in
het Zuiden 15-25 graden.

Kleding van de Efins

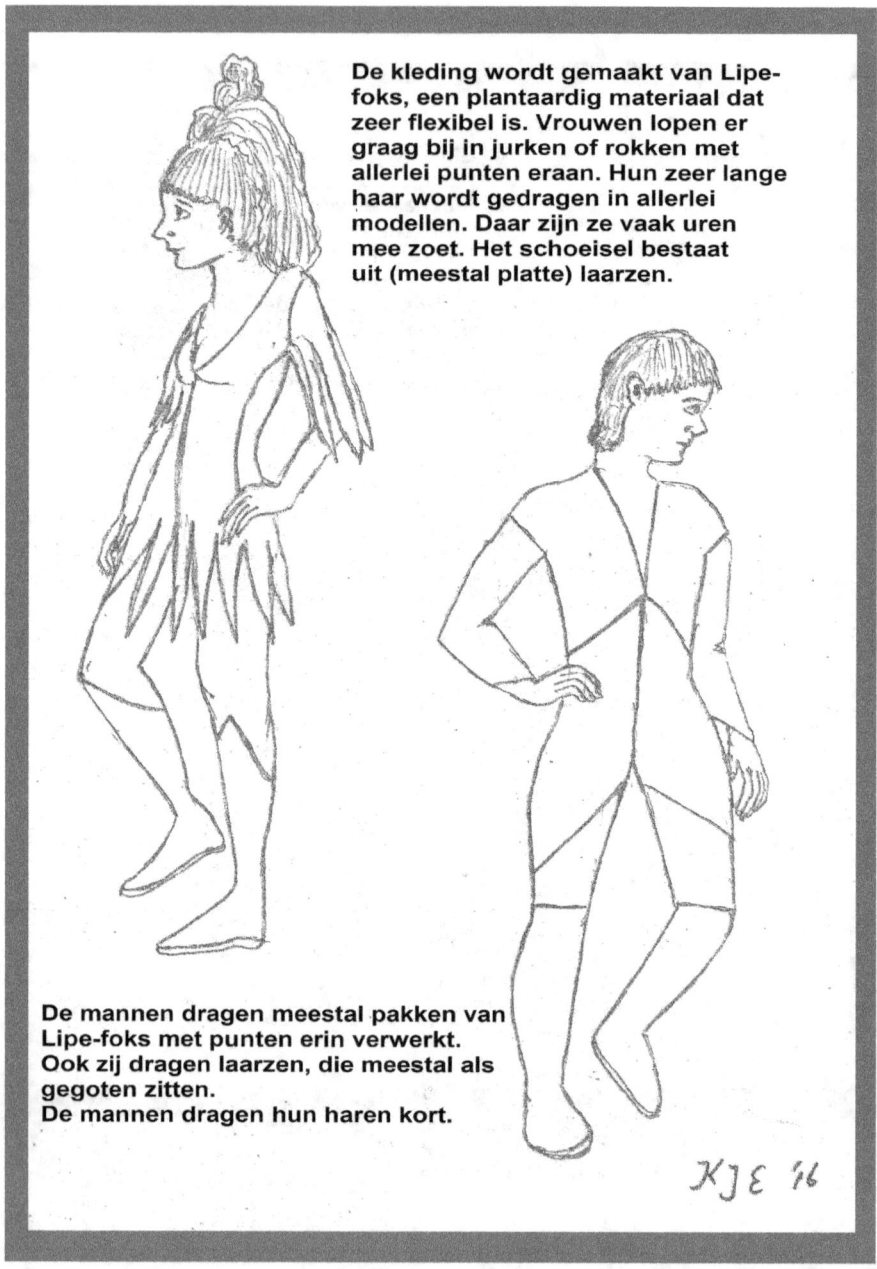

De kleding wordt gemaakt van Lipe-foks, een plantaardig materiaal dat zeer flexibel is. Vrouwen lopen er graag bij in jurken of rokken met allerlei punten eraan. Hun zeer lange haar wordt gedragen in allerlei modellen. Daar zijn ze vaak uren mee zoet. Het schoeisel bestaat uit (meestal platte) laarzen.

De mannen dragen meestal pakken van Lipe-foks met punten erin verwerkt.
Ook zij dragen laarzen, die meestal als gegoten zitten.
De mannen dragen hun haren kort.

KJE '16

Technologie 1

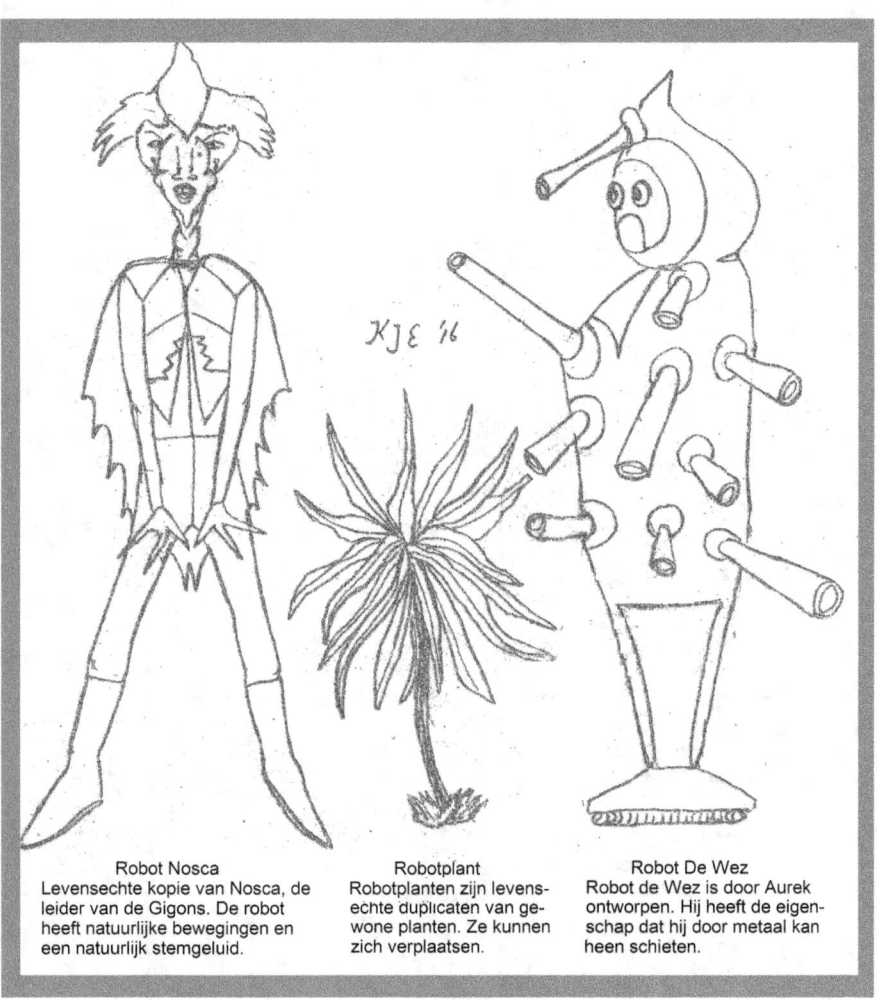

Robot Nosca
Levensechte kopie van Nosca, de leider van de Gigons. De robot heeft natuurlijke bewegingen en een natuurlijk stemgeluid.

Robotplant
Robotplanten zijn levensechte duplicaten van gewone planten. Ze kunnen zich verplaatsen.

Robot De Wez
Robot de Wez is door Aurek ontworpen. Hij heeft de eigenschap dat hij door metaal kan heen schieten.

Technologie 2

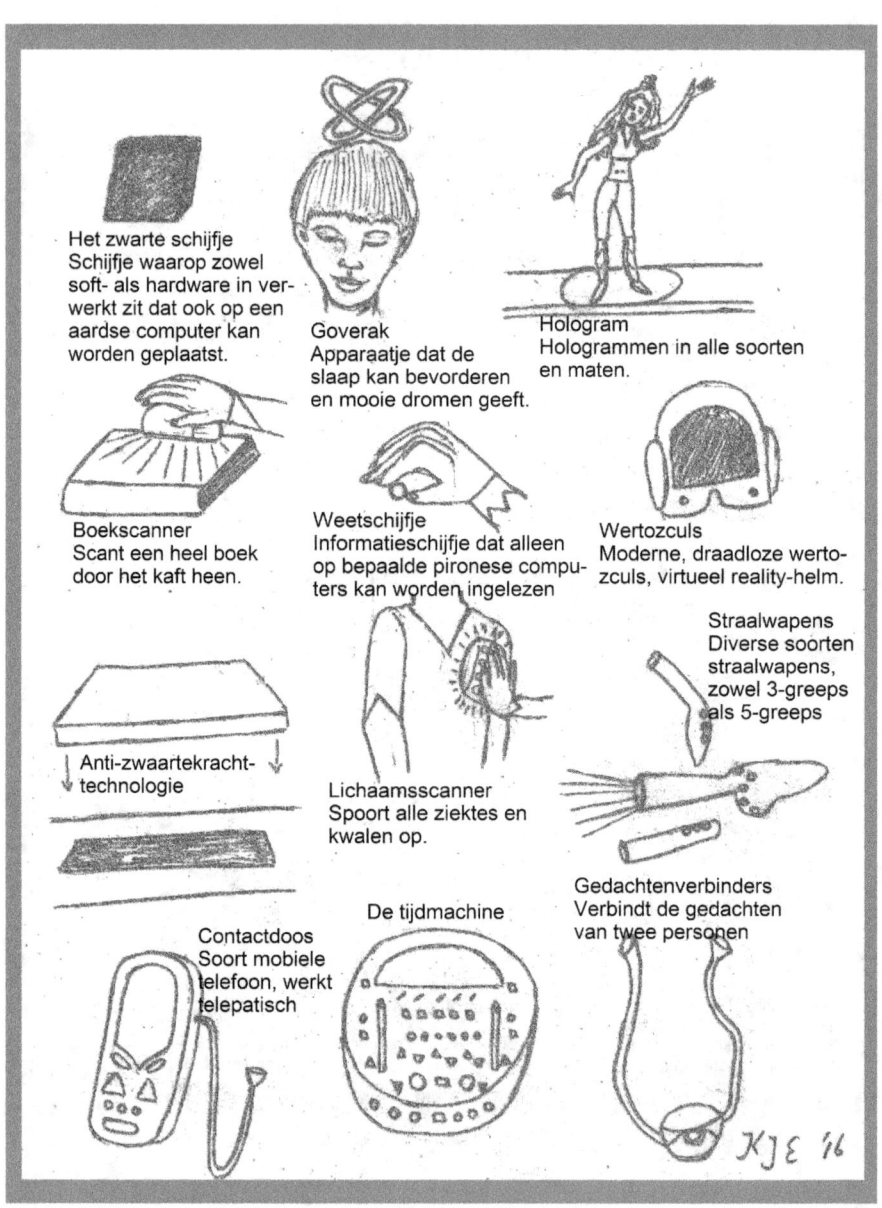

Het zwarte schijfje
Schijfje waarop zowel
soft- als hardware in verwerkt zit dat ook op een
aardse computer kan
worden geplaatst.

Goverak
Apparaatje dat de
slaap kan bevorderen
en mooie dromen geeft.

Hologram
Hologrammen in alle soorten
en maten.

Boekscanner
Scant een heel boek
door het kaft heen.

Weetschijfje
Informatieschijfje dat alleen
op bepaalde pironese compu-
ters kan worden ingelezen

Wertozculs
Moderne, draadloze werto-
zculs, virtueel reality-helm.

Straalwapens
Diverse soorten
straalwapens,
zowel 3-greeps
als 5-greeps

Anti-zwaartekracht-
technologie

Lichaamsscanner
Spoort alle ziektes en
kwalen op.

Gedachtenverbinders
Verbindt de gedachten
van twee personen

De tijdmachine

Contactdoos
Soort mobiele
telefoon, werkt
telepatisch

KJE '16

192

Voertuigen

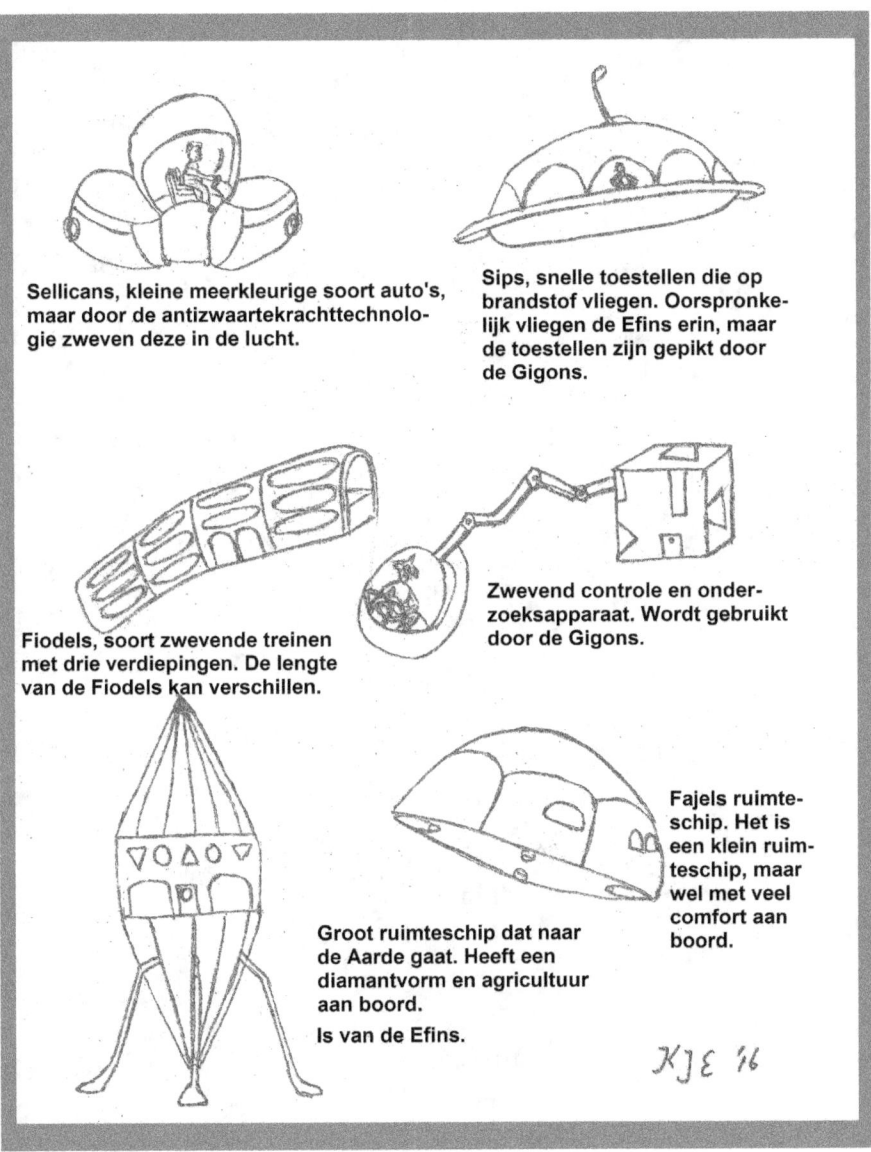

Sellicans, kleine meerkleurige soort auto's, maar door de antizwaartekrachttechnologie zweven deze in de lucht.

Sips, snelle toestellen die op brandstof vliegen. Oorspronkelijk vliegen de Efins erin, maar de toestellen zijn gepikt door de Gigons.

Fiodels, soort zwevende treinen met drie verdiepingen. De lengte van de Fiodels kan verschillen.

Zwevend controle en onderzoeksapparaat. Wordt gebruikt door de Gigons.

Fajels ruimteschip. Het is een klein ruimteschip, maar wel met veel comfort aan boord.

Groot ruimteschip dat naar de Aarde gaat. Heeft een diamantvorm en agricultuur aan boord.

Is van de Efins.

KJE '16

193

Plattegrond van een deel van Piron

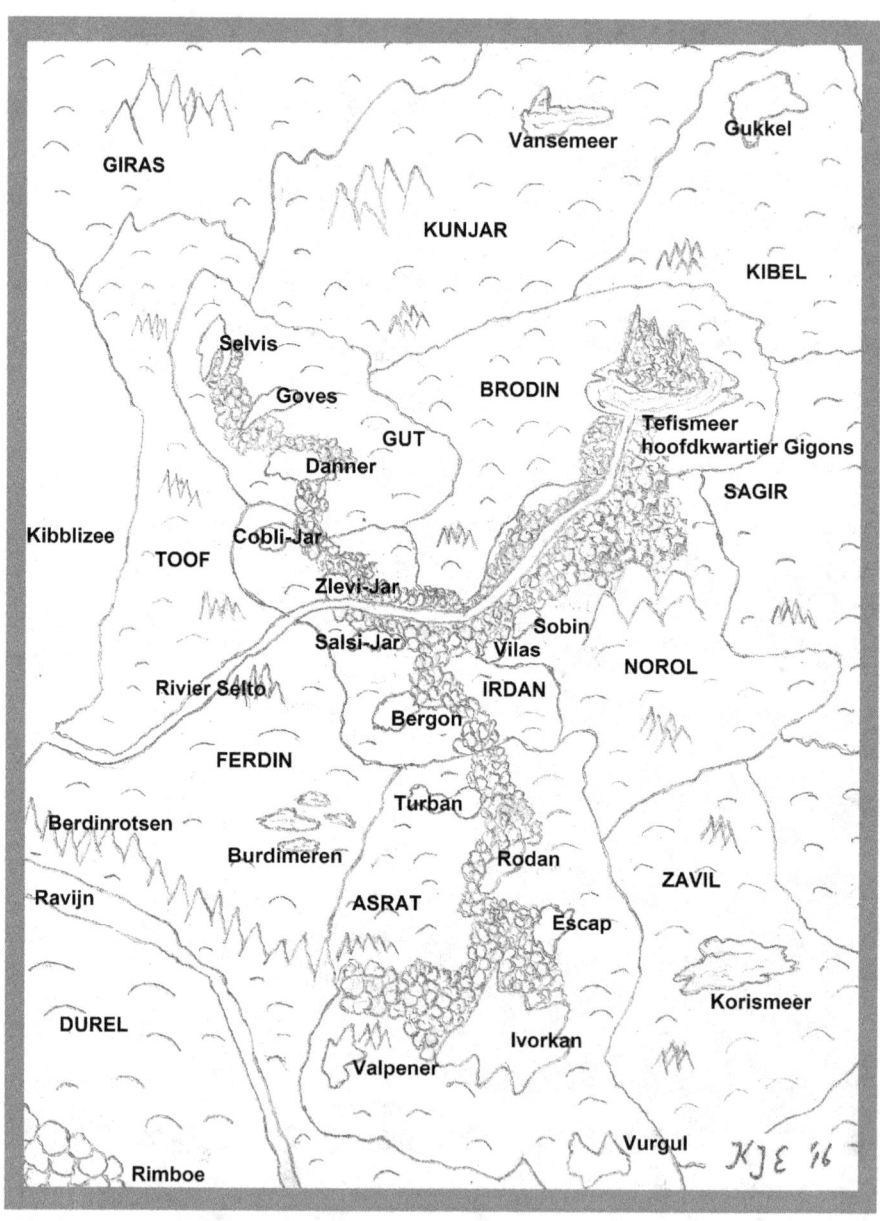

Het teken van de Hunclis en de wapens

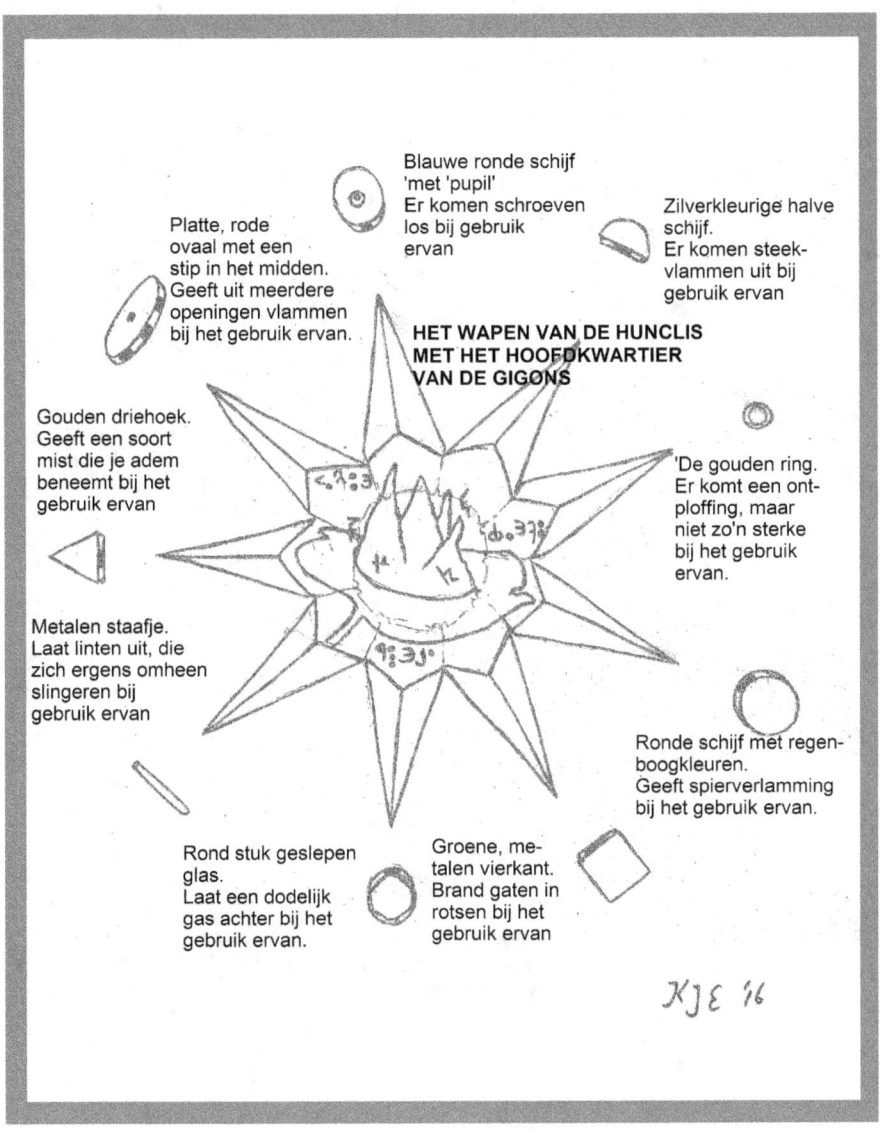

Blauwe ronde schijf 'met 'pupil'
Er komen schroeven los bij gebruik ervan

Platte, rode ovaal met een stip in het midden. Geeft uit meerdere openingen vlammen bij het gebruik ervan.

Zilverkleurige halve schijf.
Er komen steekvlammen uit bij gebruik ervan

HET WAPEN VAN DE HUNCLIS MET HET HOOFDKWARTIER VAN DE GIGONS

Gouden driehoek. Geeft een soort mist die je adem beneemt bij het gebruik ervan

'De gouden ring. Er komt een ontploffing, maar niet zo'n sterke bij het gebruik ervan.

Metalen staafje. Laat linten uit, die zich ergens omheen slingeren bij gebruik ervan

Ronde schijf met regenboogkleuren. Geeft spierverlamming bij het gebruik ervan.

Rond stuk geslepen glas. Laat een dodelijk gas achter bij het gebruik ervan.

Groene, metalen vierkant. Brand gaten in rotsen bij het gebruik ervan

KJE 16

195

Dieren op Piron

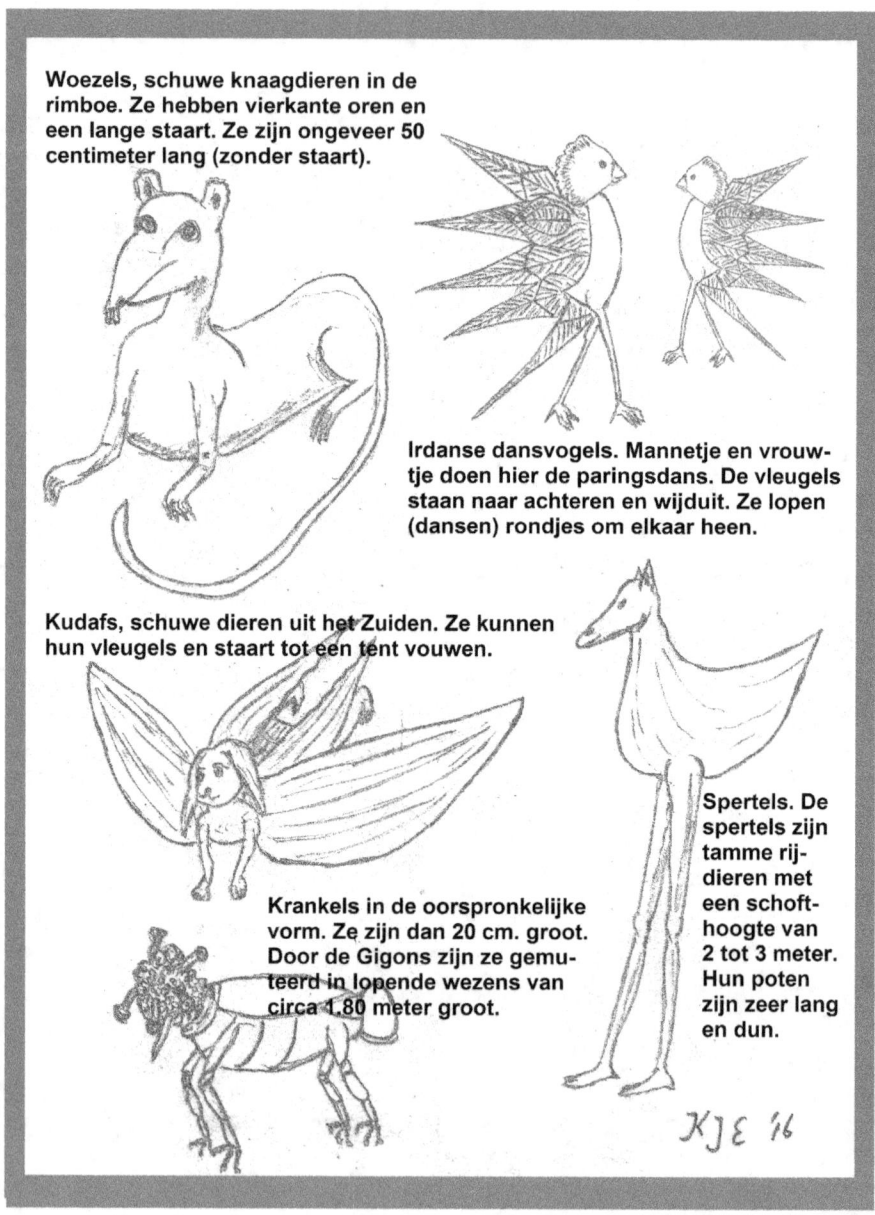

Woezels, schuwe knaagdieren in de rimboe. Ze hebben vierkante oren en een lange staart. Ze zijn ongeveer 50 centimeter lang (zonder staart).

Irdanse dansvogels. Mannetje en vrouwtje doen hier de paringsdans. De vleugels staan naar achteren en wijduit. Ze lopen (dansen) rondjes om elkaar heen.

Kudafs, schuwe dieren uit het Zuiden. Ze kunnen hun vleugels en staart tot een tent vouwen.

Krankels in de oorspronkelijke vorm. Ze zijn dan 20 cm. groot. Door de Gigons zijn ze gemuteerd in lopende wezens van circa 1.80 meter groot.

Spertels. De spertels zijn tamme rijdieren met een schofthoogte van 2 tot 3 meter. Hun poten zijn zeer lang en dun.

KJE '16

196

Planten op Piron

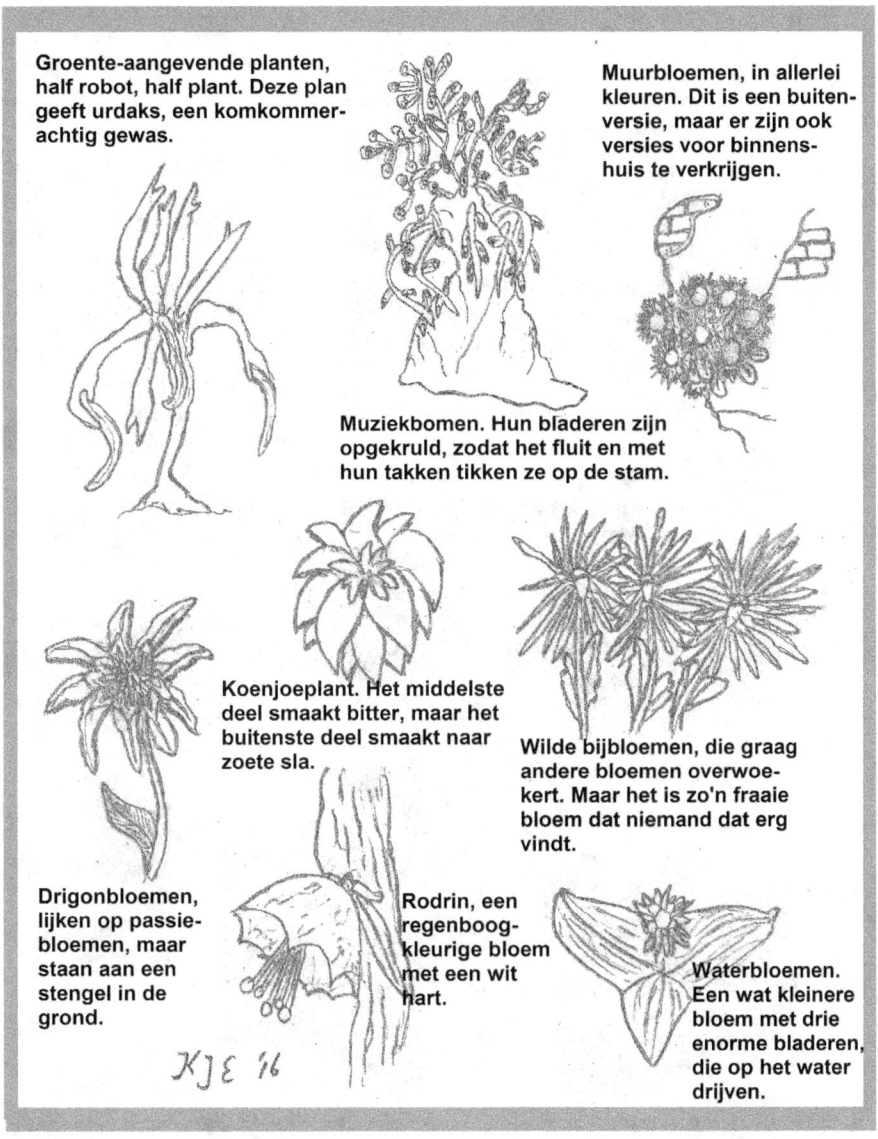

Groente-aangevende planten, half robot, half plant. Deze plan geeft urdaks, een komkommerachtig gewas.

Muurbloemen, in allerlei kleuren. Dit is een buitenversie, maar er zijn ook versies voor binnenshuis te verkrijgen.

Muziekbomen. Hun bladeren zijn opgekruld, zodat het fluit en met hun takken tikken ze op de stam.

Koenjoeplant. Het middelste deel smaakt bitter, maar het buitenste deel smaakt naar zoete sla.

Wilde bijbloemen, die graag andere bloemen overwoekert. Maar het is zo'n fraaie bloem dat niemand dat erg vindt.

Drigonbloemen, lijken op passiebloemen, maar staan aan een stengel in de grond.

Rodrin, een regenboogkleurige bloem met een wit hart.

Waterbloemen. Een wat kleinere bloem met drie enorme bladeren, die op het water drijven.

Dieren die gegeten worden

Irdans vee, is nogal schaars. Smaakt doorgaans naar een mix van rund- en paardevlees

Tugers, een ratachtig dier. Klein, ca. 15 cm. van stuk, zonder staart. Smaakt naar konijn.

Vang, een grote vogel met veel botten. Vangvlees lijkt het meeste op kip. In kuipjes wordt het botjevangs genoemd, vanwege het vele bot.

Kwalmarans, een eetbare kwallensoort. De tentakels worden niet gegeten. Heeft iets weg van inktvis.

Greffeltjes, een soort schaaldieren van 20 cm. groot. Vrouwelijke greffeltjes kunnen eieren bij zich dragen (onder de buik). Deze worden ook door Efins gegeten.

KJE '16

Etenswaren

vierkant blok gevuld met insecten

rode ronde ballen die naar foets smaken

zoet soort driehoekig brood

Vurst, een soort brood dat 's-ochtends wordt gegeten.

foets, zoetmiddel

Kuipjes met vlees en noten, viserams genoemd

Kwelappels, wordt ook vaak tot moes verwerkt.

Sukeran, een soort zoete spinazie

Urdaks, een komkommerachtige plant van de groentenaangevende planten.

Turibana, een melige soort banaan, die gepureerd wordt gegeten.

Lummellen, een eetbare paddestoel.

Bruine bessen, een bessensoort, ook van de groentenaangevers.

Kakelnoten, smaakt naar pinda's.

Togernoot, smaakt een beetje naar walnoten.

Slaapnoten, smaakt naar amandelen.

199

De keizers van Ivorkan

Sedif

Het Noorden wordt ge-
regeerd door vijf kei-
zers en hun gezinsle-
den, in totaal twintig
Efins.
De vijf keizers zijn
broers van elkaar.

Sukal

Het meest schokkende wat ze hebben
gedaan, is de invoering van Doka's.
Doka's zijn munten, waarmee de
Efins luxe-artikelen aan kunnen
schaffen. Iedere Efin krijgt elke
lutsjas (tijdeenheid) een aantal
doka's ter beschikking om zich
dingen aan te schaffen.

Doka's

Sobin

Sigol

Sylar

Gebruiksvoorwerpen

Mand van trafula, dat is een soort van riet. Deze manden hangen aan de muur om muurbloemen in te doen. Ook andere gebruiksvoorwerpen worden van trafula gemaakt.

Bewegend hologram van ongeveer 15 cm. groot. Het is bedoeld als decoratie en kan aan- en uitgezet worden. Sommige holograms bevatten meerdere beelden, zodat de decoratie afgewisseld kan worden.

Lijst voor een 'film' aan de muur. Deze lijsten zijn er in allerlei soorten en maten. De 'film' bevat meestal een bewegend beeld van een geliefde.

Het spel van Piron. Het zweeft door anti-zwaardkrachttechnologie. Er zijn verschillende speelborden in geometrische vormen. Ook zijn er verschillende kristallen, die ook zweven op het bord. De kunst is de kristallen in de juiste vorm op het bord te zetten. Als dat het geval is, dan geven de kristallen licht en brengen een boodschap of een opdracht. Het is een erg ingewikkeld spel, maar eentje die graag gespeeld wordt door de Efins.

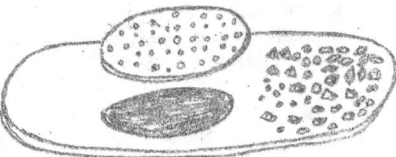

Huizen op Piron

De huizen op Piron zijn eenvoudig! Ze hebben puntdaken belegd met pannen van Lipe-foks, hetzelfde materiaal waar kleding en stoelen van worden gemaakt en zijn opgebouwd uit ruwe stenen.
De deuren en de ramen zijn van divers hout. De huizen zijn niet erg groot, maar daar staat tegenover dat er ook niet veel spullen in staan.

In keizerstad Ivorkan zijn de huizen versierd met pilaren.
De huizen zijn iets groter dan de andere huizen. Veel grote families, gezinnen en vriendenclubs wonen ook in Ivorkan.
Het keizerlijk paleis ziet er identiek uit dan de andere huizen, maar is nog iets groter.

KJ ε 'ıı

Gebaren

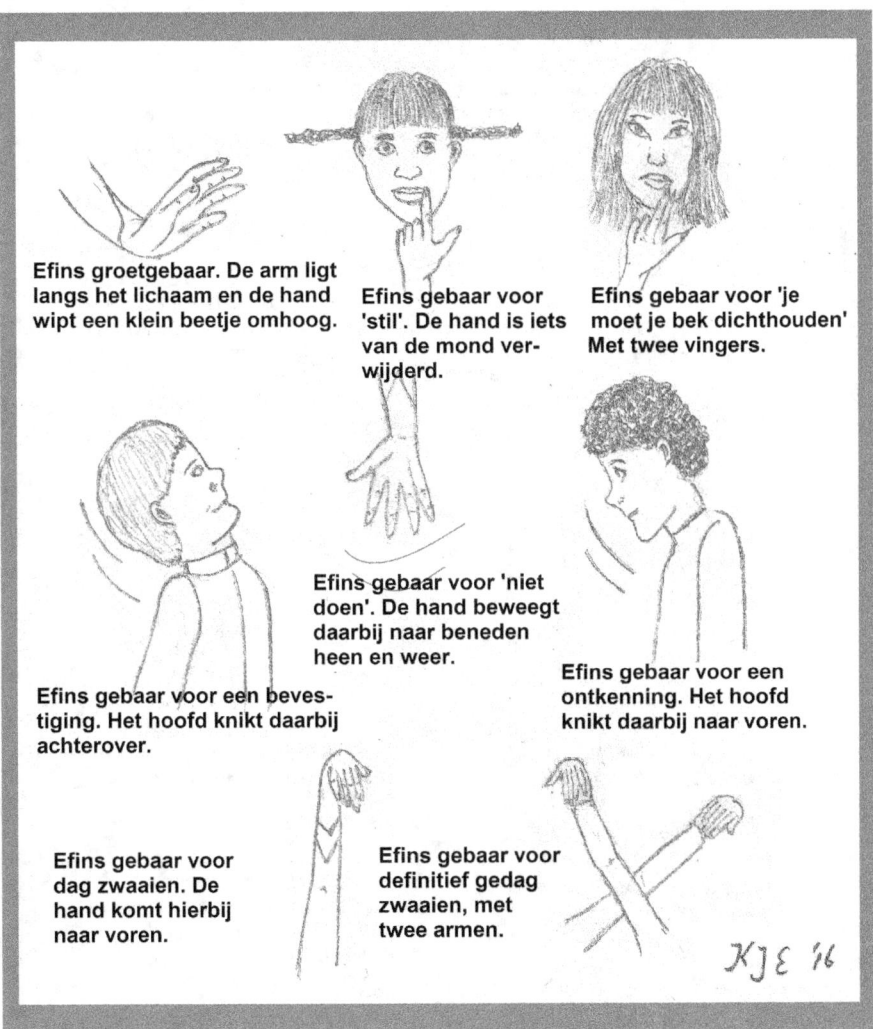

Efins groetgebaar. De arm ligt langs het lichaam en de hand wipt een klein beetje omhoog.

Efins gebaar voor 'stil'. De hand is iets van de mond verwijderd.

Efins gebaar voor 'je moet je bek dichthouden' Met twee vingers.

Efins gebaar voor 'niet doen'. De hand beweegt daarbij naar beneden heen en weer.

Efins gebaar voor een bevestiging. Het hoofd knikt daarbij achterover.

Efins gebaar voor een ontkenning. Het hoofd knikt daarbij naar voren.

Efins gebaar voor dag zwaaien. De hand komt hierbij naar voren.

Efins gebaar voor definitief gedag zwaaien, met twee armen.

De pironese jeugdspelen

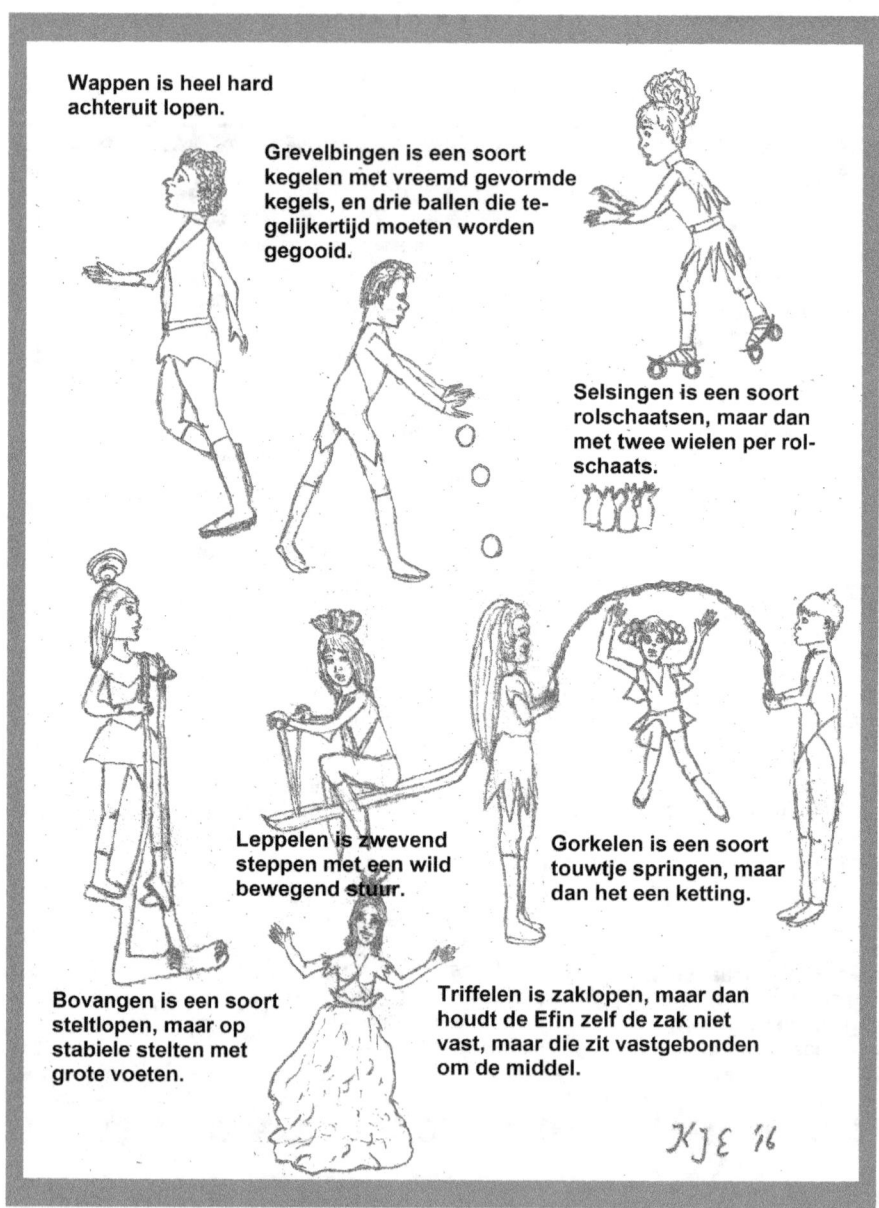

Wappen is heel hard achteruit lopen.

Grevelbingen is een soort kegelen met vreemd gevormde kegels, en drie ballen die te-gelijkertijd moeten worden gegooid.

Selsingen is een soort rolschaatsen, maar dan met twee wielen per rol-schaats.

Leppelen is zwevend steppen met een wild bewegend stuur.

Gorkelen is een soort touwtje springen, maar dan het een ketting.

Bovangen is een soort steltlopen, maar op stabiele stelten met grote voeten.

Triffelen is zaklopen, maar dan houdt de Efin zelf de zak niet vast, maar die zit vastgebonden om de middel.